FLOR DE MONTAÑA

Jorge Pinto Mazal

Jorge Pinto Books Inc.

Flor de Montaña

Copyright © 2022 by Jorge Pinto Mazal

ISBN 978-1-7364215-5-0

Flor de Montaña

Dedicatoria

Tuve la fortuna de crecer en una familia de lectores y por ello desde muy joven acceso a una extensa biblioteca con novelas de grandes autores clásicos y modernos alemanes, rusos, franceses y naturalmente Latino Americanos, particularmente mexicanos. En la universidad aprendí a redactar reseñas de libros, una actividad que sigo cultivando.

Después de un largo periodo de servicio público, decidí fundar una editorial en la que se publican las novelas de Marta Merjaver-Kurlat, así como varias de sus traducciones, crítica literaria y una colección de libros de autoayuda (ver lista al calce).

Hace unos meses empece a experimentar escribiendo una historia, inspirado por las conferencias de Elena Ferrante/* en las que describe el complejo camino que siguió para escribir y encontrar un estilo.

Al completar los primeros capítulos, estimulado por la experiencia de la escritura diaria, decidí preguntar si valía la pena el esfuerzo de seguir escribiendo el relato. Con la confianza y sobre todo la amistad de muchos años decidí enviarle a Marta el texto para conocer su opinión. Conociendo su profesionalismo, carácter riguroso y talento, sabía que tendría una respuesta sincera.

Recibí una nota en la que Marta me incitaba a seguir escribiendo, incluso con ideas de como ampliar el final. Además, generosamente se ofreció a editar la novela que a continuación presento y que gracias a sus comentarios me aventuro a auto publicar.

Le dedico este libro a Marta con mi gran cariño y agradecimiento

---

* Elena Ferrante, *En los márgenes* Sobre el placer de leer y escribir. Lumen, Julio 12, 2022

La obra de Marta Merajver-Kurlat en Jorge Pinto Books:

Novela
1. Gracias Por la Muerte
2. Just Toss the Ashes
3. El Tramo Final
4. Los Gloriosos Sesenta y Después

Ensayo y Critica literaria
1. Kim Ki Duk: On Movies, the Visual Language
2. El Ulises De James Joyce: Una Lectura Posible
3. La tragedia desde una perspectiva contemporánea. Esquilo, Shakespeare, Freud y otros
4. Living With Stress
5. Improving Personal Relationships
6. Reading for Personal Development
7. Why Can't I Make Money?

Flor de Montaña

Flor De Montaña

Conocida como Edelweiss, representa Osadía, Coraje y Noble Pureza.

Es una pequeña planta que florece en los Alpes.

I

Estuve muy confundido y lleno de sentimientos contradictorios después de una romántica cena con Norma que terminó en la puerta de su casa con abrazo erótico que, por la intensidad, era una invitación a prolongarlo sin ropa, haciendo el amor en su recamara, ofrecimiento implícito que me rehusé a aceptar, y no por timidez o inexperiencia.

Regresé esa noche tarde, sin sueño. Recuerdo que hacía frío y la casa estaba en silencio, lo cual es normal, pero sentí un vacío en el pecho y una inquietud oscilante. Tengo viva la impresión de una espléndida cena con Norma seguida por caricias y besos apasionados. No sé si me porté como un caballero a la antigüita o como un imbécil cobarde.

Como en ocasiones similares tuve necesidad de un cognac para tranquilizarme y pensar mejor lo que había sucedido y lo que estaba pasando. Tengo viva la imagen de estar parado frente a la mesita del bar sin saber qué botella escoger. Fue la botella del Gran Duque De Alba. pero el brandy español es muy dulce y por ello tomé la de Armañac. Siempre en mi copa favorita, supuestamente diseñada para elevar los aromas del licor. El fabricante es Norlan y describe las razones de los ángulos del vaso, originalmente dibujados en computadora. Siguiendo las instrucciones de Norlan, muevo en círculos la copa y veo el líquido ocre rojizo producir luces con las ondulaciones del lento movimiento de mi mano. Jugar con la copa es una distracción y pienso en Francia y en los millones de personas que durante siglos repiten el mismo rito bebiendo en copas de las más diversas formas, disfrutando como yo de los vapores y de sentir los sabores del licor en la boca y producir un conjunto de emociones. No obstante haber bebido varios tequilas y vino durante la cena de esa noche, la sensación de embriaguez que sentí no fue de origen etílico, sino emocional.

Conocí a Norma hace solo unas semanas en un evento en Ciudad Universitaria y desde entonces se convirtió en una obsesión. Afectivamente abrió capítulos que consideraba cerrados en mi vida relativamente sedentaria y con pocos pero consecuentes conflictos emocionales, incluido un doloroso divorcio.

He tenido romances después de mi único malogrado matrimonio. En general han sido cortos y siempre dolorosos para mis amantes, y desde luego para mí. La decepción en el matrimonio creó una gran desconfianza en el amor. Sin embargo, soy proclive al cortejo y me emociona la conquista y la necesidad de enamorarme pero sin que se traduzca en compromiso. Es sin duda una incapacidad emocional que no he podido vencer.

Las relaciones románticas siempre han sido con mujeres no tan jóvenes como Norma pero que han sufrido una decepción. No soy seductor o por lo menos trato de no serlo, pero soy consciente del daño producido en las relaciones que he roto. Es por ello que me preocupa empezar una nueva relación con Norma, quien sin saberlo había desterrado románticas fantasías y también miedo al desencanto y a repetir descalabros que he conseguido olvidar.

Flor de Montaña

II

Me encontré con Norma por primera vez en una presentación de un libro de Elena Ferrante "En los Márgenes; Sobre el Placer de Leer y Escribir", con tres conferencias sobre su experiencia como lectora y escritora. Conservando el anonimato, en noviembre de 2021 la actriz Manuela Mandracchia, a nombre de Elena Ferrante, presentó los ensayos en forma de conferencias en el Teatro Arena del Sole de Bolonia. En México, la editorial, quizá inspirada por el evento original, seleccionó con muy buen tino el Centro Universitario de Teatro.

Recuerdo esa tarde manejando hacia Ciudad Universitaria para asistir a la presentación del libro. Salía después de una semana de encierro y asistir a la presentación me había obligado a escoger la ropa apropiada para este tipo de eventos. No fue fácil determinar el atuendo, una rutina que había abandonado cuando dejé de trabajar en el banco, salvo en ocasiones especiales como la de esa tarde.

Tengo presente el cielo azul de ese día soleado y desde el auto en el periférico hacia CU recuerdo haber disfrutado de las montañas que rodean el Valle ya que no había smog. Era un hermoso día de principios de octubre, una temporada en la que el Ajusco y los volcanes se dejan ver; un espectáculo y un buen presagio para lo que la tarde me tenía reservado.

Había sido una época difícil, ya que sentía estar viviendo un parteaguas. Cerca de cumplir sesenta años, pero saludable, de apariencia y semblante que me hacían ver más joven. La soledad no era la fuente del desasosiego. No tenía problemas económicos, ya que me había jubilado hacia cuatro años con una buena pensión del banco donde trabajaba y vivía solo desde hacía diez. Pensé que se trataba de envejecimiento prematuro y una depresión temprana que no se justificaba, pero los síntomas eran evidentes. La época era aciaga; estábamos gobernados por un populista incompetente y una clase política corrupta, Trump era Presidente y los británicos habían votado por el Brexit. Salir a la calle era peligroso y era imprudente usar los cajeros automáticos en lugares solitarios. Además, era necesario estar pendiente en el tráfico de aquellas personas que caminan entre los autos vendiendo flores o limpiando parabrisas. Todo aquello era un contexto radicalmente diferente al que había estado acostumbrado a vivir y este conjunto de factores incidían en mi estado de ánimo.

Llegué al evento relativamente temprano, con el teatro a medio llenar. Salgo poco y no siempre puedo usar mis mejores atuendos, los que antes regularmente usaba cuando trabajaba y estaba socialmente activo. La tarde era fresca, así que decidí usar una camisa azul obscura de cuello alto que contrasta con un delgado suéter italiano de cachemira color durazno/ocre claro que va bien con el azul de la camisa y los pantalones Levy's, estilo Steve Jobs. Mi altura y constitución delgada me permiten usar Levy's sin sentirme incómodo o fuera de lugar por vestirme conforme a la edad que aparento y no a la verdadera. Soy consciente de que mi apariencia engaña y no oculto tener cierto grado de vanidad. Aunque mi pelo muestra canas, sigue siendo abundante y fácil de peinar. Hay quienes sin saber que estoy por cumplir los sesenta me dicen que parezco diez años menor, incluido mi médico fingiendo envidia cuando me dice que estoy saludable. Lo cierto es que esa tarde estaba consciente de estar bien presentado y por ello proyectaba seguridad.

Al entrar al auditorio tuve la sensación de que alguien me estaba mirando. Se trataba de una bella chica de anteojos muy grandes, relativamente joven y muy llamativa no obstante la distancia. Aprovechando los espacios vacíos en el teatro seguí la mirada de manera discreta y decidí sentarme en la butaca contigua a quien resultó ser Norma. Estaba sentada en medio de la tercera fila y tuve que incomodar a varias personas sentadas junto al pasillo, pasando en frente de ellas. Norma me sonrió sabiendo que habíamos cruzado miradas y que yo había percibido su presencia desde mi llegada; así, no era casualidad que estuviera sentado a su lado. Cambiamos saludos formales y después siguió leyendo el programa con la descripción del evento y el perfil de la lectora o conferencista. Sus lentes eran grandes, de aro redondo transparente mostrando claramente su mirada penetrante y a la vez exponiendo una tristeza que había notado antes, pero cerca y a través de los cristales se hizo más evidente.

No obstante la formalidad que tuvo ese breve contacto al sentarme junto a ella, pude confirmar que se trataba de una mujer atractiva. No había tenido oportunidad de verla con detalle, excepto sus ojos obscuros, su piel joven y tersa, destacando su boca grande, con labios anchos sin pintar. Lo que más me llamo la atención fue su mirada que reflejaba cierta pesadumbre. A pesar de los gestos amables, sus ademanes eran los de una persona que sufría o había sufrido, lo que se confirmó más adelante. Desde ese momento supe las razones por las que me sentí atraído y por qué decidí sentarme junto a ella. Hay quien dice con razón que hay pocas casualidades.

Asistir a presentaciones de libros implica sin duda gusto por la lectura y con ella por la cultura. El atractivo físico, la mirada inteligente además de las presumibles coincidencias en el campo cultural, pero sobre todo su mirada triste, acrecentaron el deseo de conocerla.

Se hizo el pedido de guardar silencio, la iluminación de la sala se hizo más tenue al mismo tiempo que el foro se encendía, anticipando el inicio de la presentación.

Recuerdo estar atento para escuchar la conferencia, pero en realidad pensaba en ella, viéndola de reojo. Con tacto traté de concentrarme para hacer menos obvia la razón por la que me encontraba sentado junto a ella.

III

La presentación del libro de las conferencias de Elena Ferrante en Mexico estuvo organizada por el grupo editorial Penguin y la lectura de una selección de las cuatro conferencias de Ferrante la hizo Yolanda Cacho, una muy guapa y joven actriz que, según la presentación, también era aspirante a autora.

El director del espacio teatral, después de una bienvenida de cajón, introdujo a Cornelious Klinger, el director editorial en México, que después de destacar la importancia de Penguin en América Latina, describe brevemente el libro recordando que la verdadera identidad de Elena Ferrante es desconocida, algo que seguramente todos en el publico sabíamos. Lo mismo ocurre al hablar de las numerosas traducciones de sus novelas y las ventas millonarias que han producido. Finalmente presenta a la lectora, quien llevaba un vestido de lino blanco escotado y muy bien apañado.

Yolanda Cacho, la lectora, con la voz impostada tratando de emular a una afamada escritora italiana, hizo una buena presentación, con pausas en momentos relevantes y en casos modulando y entonando ciertos pasajes para hacer énfasis en algunos conceptos de las conferencias de Ferrante.

El haber escogido un espacio escénico como aquel en el que originalmente tuvieron lugar las conferencias de Ferrante en Italia hizo el evento atractivo. El contenido y la selección de los textos resultaron de gran interés y seguramente como yo, el público disfrutó de la presentación. Elena Ferrante puede sentir que la selección y la lectura de sus ponencias estuvieron muy bien representadas. No obstante haber estado lleno el teatro, el silencio y la atención con la que se escuchó la conferencia muestran el interés que hay por la lectura a pesar de los más pesimistas augurios que vaticinan la desaparición de los libros y la sustitución de la lectura seria por los superficiales chats y las redes sociales.

De manera discreta y tratando de no mover la cabeza durante la presentación, pude percatarme de los trazos rápidos que Norma hacía en una elegante libreta de piel azul, palabras que a la distancia y por la falta de luz no pude distinguir, solo la calidad de su escritura y el hecho de que usara una pluma fuente con tinta azul. Me pareció que la pluma era una clásica Dupont de laca China roja. Los anteojos, la libreta de notas, la caligrafía y la pluma, sumada a la forma de vestir, muestran sofisticación y gusto por las cosas finas y las antigüedades.

Al terminar la lectura, Cornelious Klinger abrazó efusivamente a Yolanda Cacho aplaudiendo su presentación y después de agradecer a la UNAM y al público reunido nos invitó a comprar libros en el lobby.

Salimos del auditorio lentamente y caminamos hacia la mesa donde se ofrecían los libros haciendo la cola en silencio. Me saludaron varios conocidos, incluido Cornelious Klinger, un suizo muy alto, exageradamente quemado del sol y calvo que ha vivido en México por varios años, con quien tengo un trato distante en mi calidad de blogista y escritor de reseñas de libros. Siempre me pareció pretencioso y arrogante, además de tener fama de seductor.

Yolanda Cacho, de pie, lo acompañaba mostrando cierta familiaridad o coquetería como si el suizo fuera su pareja, no obstante la muy marcada diferencia de edad. Físicamente espectacular, Cacho representa tener menos de 30 años y Klinger posiblemente ronda los sesenta como yo. Está muy bien conservado y aunque es calvo y con arrugas, hay quienes lo consideran atractivo. Yo no lo veo así.

Como soy mal pensado y quizá sienta algo de envidia, no me

pareció apropiada la conducta exhibicionista de Cacho con Klinger. Si bien es cierto que el universo de una editorial no tiene el glamour o los recursos de un estudio de cine, Klinger no es ni tiene el poder que tuvo Harvey Weinstein, un delincuente sexual convicto. Aun así, el deseo de publicar novelas, biografías, libros de autoayuda o memorias, así como los contratos y visibilidad como la que esta tarde tuvo la artista Yolanda Cacho, pueden ser incentivos y medios de intercambio de favores. No tengo pruebas de que Klinger use su puesto como gancho o que adopte ese tipo de malas y reprobables conductas, solo sé de habladas que es mujeriego y que ha tenido novias o amantes que publicaban en Penguin o trabajan para él. En todo caso, tengo una muy mala opinión de Klinger como la que me provoca cualquier otro Don Juan.

Amablemente Klinger me ofreció una copia del libro para que hiciera una reseña. Intenté dársela a Norma y comprar otro ejemplar, pero de manera firme ella rechazó mi ofrecimiento e insistió en comprar y pagar por su libro. Klinger la saludó amablemente pero frio y no hizo el menor intento de ofrecerle una copia. Sin embargo, mencionó en tono indiferente los buenos trabajos que Norma hizo para la editorial, sin definir la naturaleza o el tipo de tareas. Norma, sin esconder cierto enfado, no respondió.

Klinger, ignorando a Norma, me dijo que su secretaria me buscaría para invitarme a comer en su oficina y hablar de futuras ediciones. Naturalmente no esperaba que la llamada se materializara.

Al despedirnos, me sorprendió la actitud poco amistosa de Norma, ignorando a la Sra. Cacho y con cierta descortesía diciéndole un seco adiós a Klinger.

Tuve curiosidad por saber el tipo de trabajo editorial que Norma realizaba para Klinger. No sabía si escribía libros, cuál era su profesión o qué tipo de actividad ejercía. La conducta agresiva de ambos hacía evidente una mala relación, pero me contuve de preguntar ya que el eco de las conversaciones amplificadas por las paredes de concreto del teatro producían un gran bullicio, pero sobre todo, no era el momento oportuno para entrar en detalles personales.

Varias personas compraron el libro de Ferrante y, aunque el papel de Yolanda Cacho se limitó a la lectura de una selección de textos que hizo la editorial, hubo quienes por su popularidad o su extraordinaria belleza le solicitaban que les dedicara el libro. No tengo idea en qué carácter lo hacía.

La gente seguía charlando animadamente. Había de todo, principalmente jóvenes guapas y guapos; bien vestidas y vestidos, algunos fachosos pero en general con ropa de marca y cara.

Me percaté de que algunas personas miraban, a Norma, quien era objeto de cierta atención. Me sentí afortunado de estar a su lado dando la impresión de ser viejos amigos y quizá por mi cara de fascinación de ser pareja aunque mediaba la diferencia de edad que mis canas hacían evidente.

A la salida del teatro, caminando al lado de Norma, le ofrecí acompañarla al estacionamiento. Estaba obscurecido y aunque había luz y gente caminando por la misma vereda, me pareció una buena razón decir que no era seguro que una mujer guapa estuviera sola. Se rió con malicia pero de manera amable y sin protestar nos dirigimos a su auto.

La tarde era de cielo azul obscuro y la atmósfera seguía siendo transparente aún sin estrellas. Los faroles ya encendidos daban una luz de tono azulado. No hacía frío, pero el fresco de la noche hacía muy grata la experiencia de caminar por el corredor rodeado de jardines de rocas de lava negra muy bien cuidados y sin grafito como en otras áreas de CU. Las zonas de arena gruesa blanca y gris con plantas áridas bien seleccionadas destacaban por tener una iluminación discreta. Caminamos lentamente con nuestras sombras en movimiento proyectadas en el piso. Le señalé los cactus con flores rojas y una serie de árboles de Mezquite de distintas formas y tamaños discretamente iluminados dejando ver sus ramas a través de las hojas rojas anunciando el otoño.

El ambiente era perfecto para conversar brevemente. La noche y las luces del sendero la hacían aún atractiva, sobre todo que ahora podía verla sin los anteojos y de cuerpo completo, caminando erguida. Sus ojos eran ligeramente rasgados, color castaño obscuro, pelo liso y corto negro y su piel morena clara. El mentón ligeramente cortado, pómulos discretos, una boca alargada y grande de labios carnosos. La falda corta verde obscuro de lana ligera o de algodón mostraba sus piernas delgadas sin medias, muy bien proporcionadas y formadas. Vestía una camisola larga blanca, ligeramente abierta mostrando su cuello largo y esbelto con una cadena de plata y una perla pendiente. El blusón y la falta de sostén delineaba con detalle sus senos pequeños y firmes. El conjunto la hacía muy bella. Una imagen imborrable sumada al entorno de una noche clara con el sonido de los pájaros trinando antes de ir a dormir. Hablamos del oficio de escritor y de las experiencias que con gran talento describe Ferrante en sus conferencias.

Al abrir la puerta de su auto, un Lexus plateado virtualmente nuevo, era el momento oportuno para pedir su teléfono. Me pareció natural después de haber pasado juntos casi dos horas. Es una conducta típica que de manera natural se da en situaciones como la de esa tarde después de coincidir en un evento y charlar por un largo rato. Generalmente esos gestos conllevan la idea del interlocutor de invitar en un futuro indeterminado a tomar un café para conocerse mejor. En este caso, había elementos para seguir conversando como el tener intereses en común, aparentemente ser ávidos lectores y estar relacionados de alguna forma con la casa editorial Penguin.

Norma me entregó su tarjeta que tiene un logo muy atractivo y que aún conservo. Muestra una imagen semi-abstracta en rojo magenta que podría ser Maya o parte de un grabado gótico o medieval. Norma Palacios es diseñadora gráfica y en su tarjeta incluye el siguiente membrete "Desafío Sin Reglas", palabras que dejan un cúmulo de preguntas. Sin poder evitarlo le expreso mi curiosidad por conocer más sobre la inscripción y su logo. Me dice que es su propia compañía virtual y que con el nombre supone no tener dogmas y estar abierta a la innovación. Asimismo, me aclara que el logo no es ni gótico ni Maya, es Art Decó y está inspirado en un friso del Palacio de Bellas Artes. Respecto a su relación con Penguin, me dice que ha diseñado para ellos material de promoción para sus libros y algunos proyectos de portadas, proyectos que están pendientes de ser considerados o de fructificar.

Yo no podía esconder mi deseo de seguir conversando, de estar más cerca. Su mirada triste y semblante nostálgico y bello me habían cautivado descubriendo en mí sentimientos que desde hacía años se habían borrado. Me contuve y evité preguntarle si estaba casada, comprometida, con uno o varios amantes. También contuve la curiosidad de saber la razón de su hostilidad hacia Klinger. Pensé que había logrado domar la impaciencia que hasta hace unos años dominaba mi vida. En realidad sabía muy poco de la vida de ella, pero mi mente estaba construyendo castillos como en el pasado en relaciones fugaces. Contrariado temía que este encuentro fortuito y para mí milagroso fuera el único y no la volvería a ver.

La incertidumbre se me nota y estoy seguro de que Norma se percató de mis flaquezas y la evidente inseguridad. Nos despedimos sin saber si se había establecido una relación de algún tipo, lo cual, de ser así, resultaba una novedad después de más de un año de gran soledad y necesidad de sentir afecto por una mujer o de saber lo que esto significaba. La noche clara y la figura frágil y bella de Norma abrían y abonaban ámbitos emocionales que me parecían agotados y estériles.

Permanecí unos minutos más en el estacionamiento que rápidamente quedaba vacío pensando si lo que había ocurrido esa tarde sería un encuentro afortunado o un incidente que solo produce una ilusión pasajera sin perspectivas.

Al regreso, para cerrar la ocasión, introduje en el radio del auto un CD con las Baladas de Chopin interpretadas por Kristian Zimerman. La número uno en G resultó ser la música propicia para valorar esa tarde por los contrastes nostálgicos y acordes alegres que en la interpretación de Zimerman resultaban más notorios.

IV

Tuve una noche agitada y amanecí intranquilo, desvelado y lleno de pendientes. Por la ventana brillaba el sol y pensé en la fortuna de tener otro día claro y lleno de luz. Recuerdo salir al balcón en bata para respirar el aire fresco, que siempre aclara la mente. Es un sedante contemplar los árboles desde el segundo piso. A la distancia como ese día vi a Irene caminando en el jardín, esperando que le pidiera el desayuno. No puedo negar con modestia los privilegios que me rodean.

Ese día, como es rutina, por el teléfono hablo con Irene quien señala que no hace frío y el día está soleado, me propone que desayune en la terraza, lo cual me parece una idea estupenda. La pregunta de siempre es ofrecer huevos algunas veces con chilaquiles y además desayuno yogurt, fruta y café. Recuero ese día, ya que soy rutinario. Irene no encontró toronjas para mi jugo y por eso lo había sustituido por jugo de mandarina.

El desayuno fue espléndido con papaya, sandía y frutos del bosque. Recuerdo haberme fijado en la buganvilia que estaba llena de flores rojas dejando poco espacio para ver el verde de sus hojas. El pequeño limonar, después de la temporada de lluvias, al igual que el jardín, siempre luce hermoso, muy verde. Para acompañar la mañana, están los pájaros tratando de robarme las migas del pan pero como no los dejo subirse a la mesa tienen que conformarse con las del suelo. La terraza está rodeada de un ambiente natural tranquilo y relajante. El remedio perfecto a la angustia mañanera.

Me acuerdo del momento en que Irene retiró los platos y me sirvió más café, alargando el momento. Acariciar la taza caliente me da la oportunidad de apreciar el aroma del café que me estimula y anima a organizar y hacer mentalmente el inventario de los pendientes del día. Tenía interés en terminar la reseña del libro de Elena Ferrante para aprovechar el tener fresca la lectura del evento.

Siguiendo la rutina me senté frente a la computadora en mi estudio al terminar el desayuno. Siempre me esperan decenas de correos que revisar y contestar, en su mayoría basura que con un teclado desecho. La publicidad de siempre y los anuncios de personas conocidas o no tan conocidas en FaceBook los que, sin abrir, borro automáticamente. Es increíble que habiendo cancelado mi cuenta de FB hace varios años me sigan llegando avisos de actividades, fotografías o eventos personales sin que tengan algún interés para mí. Para comunicarme con mi familia y amigos uso el teléfono, los mensajes directos o el correo electrónico. Por principio evito las redes sociales.

Una vez terminada esta fase de criba o poda, sin la basura atiendo los correos "no leídos" y, dependiendo del sujeto y quién lo envía me ocupo del mensaje, respondiendo aquellos que requieren atención. Trato de no borrar lo importante como son estados de cuentas de bancos, de personas que comentan mis reseñas o recomiendan novelas y esperan una contestación.

El escritorio está empotrado a la pared frente a la ventana. Como la mayoría de los muebles de la casa, es de madera sólida. Se pueden ver las hojas de los árboles que filtran la luz que por la mañana deja de ser directa y brillante. Puedo abrir las cortinas y disfrutar de la naturaleza y cuando los días son claros, ver las nubes de formas grises y blancas, delineadas por el contraste con el azul del cielo.

Trato de mantener en orden el escritorio, mi lugar de trabajo en el que paso muchas horas del día y algunas veces en la noche. Tengo algunos objetos pequeños de madera para organizar papeles, una balanza y una escribanía antiguas. Por lo general hay una pila con tres o cuatro revistas a la derecha de la MacBook Pro. A la izquierda de la computadora tengo los libros que consulto para la reseña en turno. La Mac está

conectada a un monitor de 27 pulgadas, lo que facilita editar imágenes y trabajar con textos simultáneamente en diferentes ventanas.

El arreglo de esta oficina contrasta con la que tuve en el banco, en un cubículo impersonal en el piso 14 de un edificio moderno en el Paseo de la Reforma. Tenía una enorme ventana que daba a la calle enfrente de La Diana, a las jacarandas en Marzo y a las montañas en días claros; una vista espléndida que rara vez pude disfrutar ya que mi trabajo implicaba estar pegado a tres grandes monitores que proyectaban gráficas, noticias y números en permanente movimiento. Seguir los mercados y realizar operaciones requería de permanente atención. Las estupendas vistas de los atardeceres, de la Diana y el Castillo de Chapultepec simplemente no existían, aunque las tuviera enfrente.

El escritorio en el que trabajo en mi casa es testimonio del radical cambio de estilo de vida después de haber aceptado la oferta de retiro anticipado que me ofreció el banco permitiendo que pudiera dedicarme tiempo completo y sin estrés a leer y escribir, además de gozar de un jardín maravilloso.

Tuve enfrente la tarjeta de Norma con el interesante logo rojo y la críptica frase "Desafío Sin Reglas." Aunque tiene mi correo. no esperaba encontrar una nota suya. Pero, para mi enorme sorpresa, ese día encontré el mensaje de la secretaría de Klinger proponiendo dos fechas para ir a comer a Penguin. No lo esperaba y menos aún tan rápidamente, al día siguiente del evento. "Cuál será la urgencia", me pregunto. No me parece que sea tan importante la reseña que le ofrecí sobre el libro de Ferrante. Además, no es él a quien envío mis reseñas. Lo única explicación que encuentro es el que me haya visto acompañado de Norma.

Desde ese momento tuve muy presente la forma tan poco

cortés en que la trató y el extraño comportamiento de los dos al final del evento en CU. La situación daba la impresión de que había fricción, que podría ser de tipo profesional o sentimental. No puedo descartar que se trate de una cuestión de trabajo, pero mi intuición me llevaba al terreno personal. Me pregunté si la tristeza que percibí en Norma estaba relacionada con Klinger y qué decir de la súbita invitación que Klinger me hacía para comer, sobre todo porque la relación era distante.

Estuve tentado de contestarle a la asistente de Klinger de inmediato aceptando la invitación, pero me contuve para no parecer ansioso. La verdad es que tuve enorme curiosidad e interés en saber qué era lo que buscaba Klinger y sobre todo si su invitación estaba relacionada con Norma.

Ese día, las actividades me ayudaron a vencer la pereza y el deseo de no hacer nada, condición con la que había amanecido. Es un estado físico y mental que se asocia a la depresión y que por suerte he logrado vencer después de encarar y entender las razones de mi traumático divorcio.

Redacté una breve nota crítica sobre las conferencias de Elena Ferrante. El título, "En los Márgenes; Sobre el Placer de Leer y Escribir", facilita la reseña, ya que la famosa autora italiana describe con detalle las lecturas que la acompañaron para encontrar su propio estilo de escribir. Las notas y subrayados que hice anoche al llegar del evento fueron suficientes para redactar una breve descripción del libro. Escribir reseñas me sirve siempre de distracción. Ese día estaba inquieto con la ilusión de haber conocido a Norma, un asunto que desde la noche anterior fue predominante en mi ánimo.

Ferrante destaca el difícil camino que como escritora tuvo que recorrer. Describe las dudas sobre la forma que usaba en sus primeros intentos para finalmente descubrir la narración por conducto del principal personaje, la primera persona. Habla

de sus maestros y las lecturas que le recomendaron y

resultaron útiles. Menciona la novela "Jacques el fatalista" del enciclopedista francés Denis Diderot; Tristram Shandy, de Laurence Sterne, El innombrable de Samuel Beckett, los Diarios de Virginia Woolf y particularmente Las Rimas de Gaspara Stampa, una poeta italiana del Renacimiento. Le agrego a mi reseña cinco descubrimientos, que Ferrante considera útiles para entender las razones que la llevan a escribir historias complejas en primera persona femenina. Hace un recorrido de los perfiles de las mujeres de sus novelas; todas son cultas e independientes. En la novela El amor molesto, Delia es además una mujer 'dura,' en "Los días del abandono" Olga es abandonada repentinamente por su marido, y en "La hija oscura," Leda es una mujer madura divorciada. Delia, Olga y Leda son las narradoras. Por su naturaleza me quedo pensando en la siguiente cita directa del libro que define el tipo de mujer que Ferrante reproduce en las tres novelas: "no se fían de maridos ni amantes, ni siquiera de sus hijos, ni se encomiendan a ellos."

El carácter de las tres mujeres ficticias creadas por Ferrante es seductor para hombres como yo, atraídos por el deseo de proteger, aliviar o restaurar. Las pasadas amargas experiencias emotivas me enseñaron que la protección no es lo que necesitaron o deseaban aquellas mujeres que de manera equivocada quise amparar. Al final fracasaron todas esas relaciones que siguieron a mi divorcio por una equivocada percepción, ya que mis antiguas parejas consideraban, quizá por buenas razones, que lo que yo consideraba protección en realidad lo sentían como control. Los choques entre las dos opuestas expectativas destruían sin remedio lo que al inicio habían sido prometedoras relaciones sentimentales.

Escribir la reseña me sirve de autoanálisis y de autocrítica al repasar mi pasado plagado de ruinosas relaciones fallidas por mi debilidad y enfermiza conducta de tratar de aliviar de los

desencantos a mujeres que padecen o sufren afectivamente.

Alguna vez una buena amiga me advirtió que tuviera cuidado con el síndrome de My Fair Laidy, burlándose y diciendo que no soy el Dr. Higgins y que la vida es compleja y no una obra musical.

Estos pensamientos, de manera natural, me llevaron a Norma y su enorme atractivo, precisamente por lo que percibía como tristeza. Siendo sincero, esos días no me consideraba capaz de controlar el espíritu redentor, sobre todo en esta etapa de mi vida. Por eso me pregunté si Norma era una oportunidad de desarrollar una relación sana y productiva para ambos o una nueva trampa o auto-decepción que revive esa peligrosa adición de protector en la que tantas veces incido.

Terminé la reseña a la hora de comer. A diferencia de la mañana, el cielo se nubló y como hay viento la terraza no era el lugar apropiado; por ello, decidí por el comedor. Tengo claro los detalles de mi vida en esos días por la expectativa e incertidumbre. Irene preparó tamales de mole de Oaxaca, una de sus múltiples especialidades. Envuelto en hoja de plátano y relleno esta vez de pollo. Generalmente los acompaño con mi cerveza favorita, una Negra Modelo que combina muy bien con el mole. No hay duda de que a cierta edad comer bien es una de las actividades que producen más gusto y placer. El tener a Irene como cocinera es un lujo, como me lo recuerdan mis amigos que han probado sus recetas. Me doy cuenta que ha pasado más de un año sin invitar amigos a la casa.

Acostumbro a tomar un doble espeso que me ayuda a vencer el sueño que la cerveza produce para regresar a la computadora a revisar una vez la reseña. Solo me faltaba hacer referencia a la presentación en CU, incluida la buena selección de texto que hicieron los editores de Penguin y la muy buena lectura de la artista Yolanda Cacho.

Esa misma tarde decidí contestarle a la secretaria de Klinger y fijar la fecha más cercana para la misteriosa comida cuyo

propósito me eludía.

Pensé en Norma durante todo el día. Sobre todo, no sabía cómo actuar, cuándo escribirle, hablarle, o concertar una cita. Temía que la relativa estabilidad emocional que disfrutaba fuera sustituida por un espejismo. Esa mañana pensaba en la naturaleza de los sentimientos que Norma había despertado, y al terminar la reseña del libro de Ferrante pensaba en cómo surgieron los viejos romances que terminaban siempre en serios fracasos emocionales. Me surgió la duda de saber si lo que sentía era una nueva y dolorosa repetición del pasado, sobre todo la prisa, el enamoramiento fulminante y la ilusión. El seguir pensando en ella y la necesidad de verla eran un mal augurio. No es saludable y nunca me ha gustado la situación de incertidumbre que padecía.

Sabía que no era sano actuar como adolescente frente a ella, ya que refleja inmadurez y a la vez quizá el miedo de envejecer solo. Diez años de un matrimonio relativamente feliz desde mi perspectiva, incapaz de reconocer los síntomas de una tormenta anunciada por los enormes problemas y la distancia que se había impuesto entre mi esposa y yo.

V

Fui capaz de controlar la ansiedad y así, esperé dos días para enviar un correo a Norma para invitarla a tomar un café.

Todos mis miedos desaparecieron, ya que al día siguiente aceptó mi invitación. Intercambiamos mensajes para fijar la hora y lugar de reunión. Feliz de abrir un canal de comunicación directo, sugerí para reunimos el Café de las Artes en San Jacinto y explicítame mencioné el interés de conversar sobre libros, tratando inocentemente de ocultar el deseo de conocerla y acercarme. Me di cuenta tarde de que era innecesario fijar un tema de conversación pero ya había picado "Enviar." Me pareció que fijar un tema como excusa para invitarla mostraba mis inseguridades, lo que me ponía en desventaja. En fin, seguramente habrá sonreído al ver que arbitrariamente y de forma innecesaria le fijaba una agenda. Además, pensaba mortificado, mostraba las diferencias de edad por un exceso de formalidad y falso desinterés.

Inseguro como si fuera quinceañero llegué veinte minutos antes para escoger una mesa en la terraza. Decidí tomar la más amplia para tener más privacidad. Cerca de los arcos con vista al jardín y lejos de los altavoces de música que son tan molestos cuando lo que se quiere es conversar. Había poca gente, solamente algunas mesas con parejas terminado de comer. La tarde era fresca, perfecta para estar fuera en el bello patio colonial lleno de macetas y una típica fuente de piedra al centro.

Después de cambiar de opinión varias veces, en mi closet lleno de ropa que no uso más, decidí ponerme un saco de pana blanco. Para no repetir el Levy's, esta vez un pantalón de algodón gris obscuro y camisa blanca. Nuevamente me sentí seguro y bien vestido para la ocasión. La tarde nuevamente sin contaminación y con el cielo azul. Ella llegó unos minutos tarde, caminando despacio, acompañada de un mesero que le indicaba dónde estaba sentado. Esta vez con una provocadora falda blanca, más corta que en CU y un blazer azul, elegante y distinguida pero sobretodo muy bella.

Como antes. pude reconocer un rostro que proyecta melancolía, nostalgia, o quizá cierto tipo de pesadumbre. Tengo una gran debilidad por aquellas mujeres que padecen los efectos de un divorcio, una decepción amorosa o la pérdida del amante o ser querido. Claramente no parece que los problemas de Norma sean económicos: tiene un Lexus nuevo, viste con ropa cara y vive en una privada en Chimalistac. No creo que sea el momento de entrar en intimidades, pero en el intercambio de mensajes y el que estuviera libre para tomar café con un desconocido me indicó que no estaba casada y si tenía una relación amorosa, no le impedía salir con un hombre que como yo no oculta el deseo de tener con ella algún tipo de relación bordeando en lo emocional. Recordé con cierto pesar el haberle escrito que tomar el café sería para hablar de libros. Que inocente me vi.

Como lo anticipé, no hubo oportunidad de hablar de cuestiones personales salvo algunos aspectos de la vida profesional, de artistas, de su trabajo como diseñadora. Naturalmente evité tocar el tema de Penguin y no mencioné mi próximo almuerzo con Klinger. Le dije que tenía una plataforma digital donde publicaba reseñas de libros y promovía círculos de lectura, conferencias en Zoom y en algunos casos la publicación de libros, particularmente clásicos y agotados o de difícil acceso. La idea era promover nuevas ediciones, reviviendo aquellas cuyos derechos seguían en poder de las editoriales. Eran actividades que desarrollaba al jubilarme como banquero, lo cual le pareció una extraña combinación.

El Café funciona también como galería y tiene expuestos buenos cuadros. Esa tarde tenían una colección de pinturas de

Pedro Coronel y algunos grabados semieróticos de Francisco Toledo, lo cual nos dio tema de conversación. Hablamos de libros y de los autores que ambos consideramos favoritos o que nos han marcado, además de los clásicos rusos, franceses e ingleses y los obvios mexicanos y latinoamericanos. Yo le hablé de mi entusiasmo por mis lecturas de la adolescencia, en especial Thomas Mann, Herman Hesse, Joseph Conrad, Sandor Marais y Joseph Roth. Coincidimos en exaltar la obra de Roberto Bolaño cuya muerte lamentamos siendo relativamente joven. Reconocimos con cierto pesar el no haber leído su última novela 2666.

Naturalmente, hablamos de la obra de Elena Ferrante, la que nos puso en contacto, particularmente las experiencias descritas en su libro de conferencias sobre el difícil camino que tuvo que recorrer para escribir. Nos reímos al señalar desconocer varios de los autores que la autora italiana cita, incluidas las novelas de Denise Diderot, el famoso enciclopedista francés, que para Ferrante fueron fundamentales en su formación. Fue refrescante reconocer nuestra ignorancia y las muy serias lagunas literarias.

Si bien pudimos conversar un par de horas con varios cafés, los temas más íntimos quedaron pendientes. Naturalmente, hablamos de las familias, su origen peruano, su formación académica como diseñadora y sus estudios en Londres, sin dar otros detalles. Siguiendo el carácter informal, de manera superficial le hablé de mi divorcio y mencioné a Thomas, mi único hijo sin mencionar su edad, pero el hecho de ser estudiante de posgrado en España seguramente le indicó que se trataba de un adulto, haciendo mi edad más evidente. Ella mencionó con cierta melancolía que tenía previsto vivir en Madrid una temporada pero que por ahora los planes estaban en el congelador.

Con más tiempo pude admirar con detalle a Norma. Es natural

y elegante en sus movimientos, muy inteligente, y viste bien

además de ser muy buena conversadora. Hoy pude verla mejor y confirmar que su belleza no fue una ilusión. Su complexión es delgada y de estatura relativamente baja pero muy bien formada. La falda corta sin medias dejaba ver sus seductoras piernas. Puedo verla sin recato a los ojos, que son color castaño obscuro ligeramente rasgados, muy expresivos y tristes. El pelo es muy negro y parece natural, brillante, recto y muy corto como en los años 20. Su piel de tonalidad oliva claro y se aprecia ser muy tersa. Desde que la conocí en la conferencia me pareció muy atractiva, lo que pude confirmar esa tarde con información de primera mano.

Nacida y educada en México, su familia es de origen peruano. Quizá por ello me recuerda a Magaly Solier, la principal artista de "Madeinusa", la película dirigida por Claudia Yosa. Se ríe cuando le hablo del parecido con la artista peruana y confirma que otros se lo han dicho. No sé su edad pero debe ser por lo menos 20 años más joven que yo, lo que implica no haber cumplido los cuarenta, y eso representa un problema. Aunque mi aspecto físico esconde mi verdadera edad, la diferencia de edad se nota y seguramente los gustos. Puedo imaginar a Norma en un bar o en una discoteca bailando y fumando mariguana, situación en la que física y anímicamente no me puedo visualizar.

Tengo miedo de engañarme otra vez. No la conozco, no es clara su situación afectiva ni por qué tipo de romances ha pasado. Parece tener un carácter dulce, pero es imposible saber con seguridad su verdadero temperamento. La supuesta relación con Klinger sigue siendo una sombra. Claramente es inteligente como pude constatar, con buen gusto, sensible. La conversación me da claves adicionales sobre su situación económica holgada, con casa propia, bien situada y sin hipoteca, según me dijo. Su mirada triste es un rasgo que me intriga y como es costumbre representa un gran atractivo.

Tengo debilidad por aquellas mujeres que han sido víctimas de

una decepción sentimental, de un seductor que por ego o vanidad usan sus encantos para engañar y crear expectativas de relaciones amorosas serias que de antemano saben que no se van cumplir. La literatura está llena de ejemplos. Destacan Anna Karenina y Adolfo de Benjamin Constant entre otras novelas que dan cuenta del daño que producen los galanes o tenorios. Al leer a Tolstoy me enamoré de Anna, a la que me hubiera gustado proteger, no como amante, no obstante su cautivante belleza según la descripción de la novela. Pienso también en Senso, la famosa película de Luchino Visconti, en la que la Condesa Lidia Serperi es víctima de un seductor austríaco, el teniente Franz Mahler. No sé si mi mente me ha puesto una trampa y el encuentro fortuito con Norma la transforma en ilusión, imaginando un ser irreal con amantes que la atormentan. Lo cierto es que la imagen que proyecta es la de alguien que requiere protección y alivio.

Al despedirme, sin fijar una fecha, la invito a reunirnos nuevamente otra vez a tomar café o, mejor, ir a un concierto o al teatro con cena después, idea que parece aceptar gustosa.

Norma llenó todas las expectativas para un primer encuentro, sin nada definitivo excepto que confirmó ser muy atractiva, Un buen inicio pero las dudas no ceden. La diferencia de edad, para empezar, es una cuestión que no puedo ignorar, pero sobre todo mi carácter impaciente y anhelante en el terreno emocional que quedó muy lastimado por un divorcio imprevisto y varias relaciones fallidas. No es un buen record.

VI

Habían pasado dos días desde que me reuní con Norma y mi ser racional me indicaba que debía esperar por lo menos una semana para invitarla nuevamente a salir como le había ofrecido. Había que consultar el calendario de eventos de la OFUNAM en la Sala Nezahualcóyotl para ver si ofrece algo especial.

La calentura emocional pareció haber cedido, pero al modo de los alcohólicos, reaccionaba ante la presencia de Norma como a la botella de licor o de vino que los invita o induce a beber y olvidar su condición de adictos. He leído novelas y libros sobre el apremio de sentir estar enamorado, necesidad que se compara a la de consumir drogas o alcohol, lo que no siempre se puede controlar.

En principio, mi adicción al enamoramiento es diferente a la adicción al sexo, ya que quien la padece es un predador potencial y ese no es mi caso. La adicción al sexo es una enfermedad crónica, como la presenta el famoso psicólogo Irvin Yalom en su novela La Cura de Schopenhauer. El personaje central de la novela es un psicoterapeuta que trata a un paciente de una adicción sexual. En la narración, Yalom describe las características de esa enfermedad y los terribles efectos que en las víctimas producen quien la padece. Habiendo leído a Yalom, me alivia saber que no sufro la obsesión por sexo; sí la fantasía romántica, y Norma es el ejemplo reciente.

Enamorarse es difícil, ya que los objetos o sujetos de enamoramiento son escasos y dependen de gustos y circunstancias, no solo de una cara bonita o un carácter estimulante, afín en gustos, de preferencia compatible aunque sea aparente. El sexo se puede comprar; sentirse enamorado es más difícil y desde mi perspectiva imposible adquirirlo con dinero

Era consciente de lo difícil que resultaba predecir el curso de la relación con Norma, ya que solo se iniciaba como una fantasía, lo que me hacía sentirme sobrio, pero en realidad sufría de una terrible ansiedad y borrachera sentimental

Además de los problemas que padezco en el terreno sentimental, tengo que reconocer que estoy acostumbrado a divagar y a fantasear; por eso me preocupa tener a Norma como fuente de ilusiones y encanto. Como lector soy desordenado, brincando de un a tema a otro, en casos sin que estén relacionados; dejo de leer un libro para abrir otro. Lo mismo me pasa con artículos de prensa, ensayos, y la lectura digital ha facilitado estas malas conductas con ligas en los textos que llevan a otros textos. Aun así, los iPad me han permitido administrar una cascada de temas y fuentes con una conexión que solo para mí hace sentido desde mi propia perspectiva.

Tengo la suerte de haberme retirado relativamente joven con la oportunidad de tener una buena pensión acompañada de una cuenta de inversiones con una suma apreciable en efectivo. Las condiciones para dejar mi puesto en el banco en el que trabajé por más de veinticinco años las acepté después de evaluar las opciones y sobre todo contabilizar el valor del tiempo libre. Estuve encargado de manejar un portafolio institucional de inversiones con buenos rendimientos para ser considerado exitoso. Por suerte no tuve que lidiar directamente con los clientes, sobre todo en los periodos de pérdidas o bajos rendimientos. Mi obligación era con el banco que vendía los fondos.

Mis ahorros e inversiones me dan la libertad de tener tiempo para leer, pensar y disfrutar de mi muy bello jardín en la pequeña casa en la que vivo, y digo pequeña en relación a las mansiones que la rodean con jardines espléndidos que colindan con el mío. Tengo la suerte de tener una enorme buganvilia que cubre uno de los perfiles de la casa y otra en la barda enfrente de la sala. De los vecinos disfruto contemplar dos enormes jacarandas sin tener que limpiar las flores y las hojas del suelo cuando terminan su ciclo. Asimismo me gustan los pequeños pero ya maduros limoneros de hojas muy verdes que por temporadas dan aromas y docenas de limones que llenan mis fruteros.

Mi casa está situada en la Calle San Carlos en San Angel, no tan cerca del Periférico, pero algunas veces por las noches se puede escuchar a la distancia el sonido de las sirenas o las ruidosas motocicletas. La casa es de concreto sólido y liso y está muy bien diseñada, con mi estudio y dos recámaras en un segundo piso con ventanales al jardín que resulta un bosque gracias a los jardines de mis vecinos ricos. La sala-comedor tiene techos muy altos con vigas de madera sólida y paredes gruesas que dan a una terraza de piedra negra que contrasta con el blanco de la casa y el verde de las enredaderas que cubren algunas columnas. La cocina es relativamente pequeña pero suficientemente grande para alojar una mesa para cuatro personas. Entre el jardín y la terraza hay una fuente rectangular de color rojo ocre tipo Barragán con un pequeño tubo rectangular de concreto por la que sale una discreta cascada de agua si uso una bomba, lo que produce sonidos relajantes. La casa es 100%, estilo Luis Barragán ya que fue diseñada a finales de los años 50 por una de sus discípulas y por ello muchos elementos, espacios y colores están inspirados en Don Luis. Una gran suerte haberla adquirida hace 20 años con un crédito muy favorable del banco. Además, estaba totalmente restaurada respetando el diseño original, lo que me ha evitado hacer arreglos o actualizar los baños y la cocina, que son relativamente modernos.

Una gran parte de los muebles son originales o datan de los 70. Algunos son fijos y están empotrados como mi escritorio y naturalmente los libreros que son de sabino sólido. Las mesas de la sala y el comedor también son de sabino. Todos los muebles los hizo un carpintero de nombre Eleuterio, según me dijo el anterior dueño. Los objetos son en su mayoría del pasado, en particular los grabados y cuadros de artistas que tuve el enorme gusto de conocer y visitar sus estudios. Sus obras, que están en las paredes blancas, son recuerdos gratos de Vicente Rojo, Jose Luis Cuevas, Pedro Coronel, Ricardo Martinez y Gunther Gerzso. Tengo presente los momentos y las circunstancias, cuando los adquirimos con Isabel, mi ex. Eramos jóvenes y recién casados, así que gracias a los artistas los compramos fuera de las galerías y con descuentos substanciales de los precios de esa época y en algunos casos a plazos.

Me acompañan también objetos que fui adquiriendo, particularmente un librero giratorio de caoba obscura, posiblemente inglés, al igual que un largo barómetro vertical de pared de la época victoriana. Tengo enfrente una escribanía también antigua y varias cosas que con ilusión compramos en la Lagunílla en los mejores años de mi matrimonio.

Por las tardes suelo sentarme en mi escritorio, desde donde contemplo los arboles del jardín, los que por las tardes reflejan la luz del atardecer en los objetos de cristal que tengo enfrente con colores turquesa y rojo claro. Son armonías naturales, con un orden que, al acomodar los tinteros y las pequeñas botellas suecas de cristal transparente, sin saberlo, cada objeto está dónde debe estar.

Divorciado desde hace 10 años con un hijo viviendo en España a quien visito regularmente. Por suerte mi estilo de vida representa pocos gastos, incluida Irene, una buena cocinera oaxaqueña que mantiene la casa en orden. Además, semanalmente un jardinero, también de Oaxaca, se encarga de cuidar de las plantas y podar el pasto. Asimismo, ayuda con las tareas pesadas que Irene no puede atender. Me gusta manejar y por ello no he querido contratar un chofer, como me insiste mi hijo Thomas, a quien bautizamos con ese nombre en honor a Thomas Mann.

No salgo mucho y no soy amiguero pero cuento con un selecto grupo de amigos y amigas solteras o divorciadas con las que evito romances serios. Los romances han terminado mal. Generalmente asisto con ellas a conciertos en la Sala Neza, al teatro serio, inauguraciones de artistas conocidos y excepcionalmente un fin de semana o viaje corto. Con las "amigas con privilegios" en pocas ocasiones "sexo sin compromisos", ya que prefiero mantener las relaciones en el terreno intelectual y evitar los malos entendidos, "enamoramientos" o los vínculos románticos. Siempre es doloroso lidiar con los reproches, problemas y las culpas.

El dolor que aún me produce el divorcio y las situaciones que lo provocaron me persuadieron a no perseguir la idea de rehacer una vida matrimonial que substituyera mi único matrimonio formal con la madre de Thomas, el que mientras duró me dio cierta estabilidad y una relativamente vida feliz. No tengo duda de que Isabel, mi ex-mujer, sigue siendo lo que los escritores cursis llaman "el amor de mi vida," no obstante el enorme daño que me hizo en los últimos años

Hasta hace unos días parecía que a estas alturas de la vida no sería posible encontrar substituta. Es cierto lo que mi ex-cuñado Antonio me anticipó: "la herida y las penas de un divorcio son permanentes", me dijo. A la distancia de 10 años Antonio sigue teniendo razón; los buenos y malos recuerdos siguen presentes, despertando culpa y resentimiento.

El divorcio fue rápido y de mutuo acuerdo, no obstante que Isabel abiertamente admitió infidelidad. Es difícil describir el golpe que sentí al escucharla decir que amaba a otra persona; un amigo de la familia, como nosotros casado. Había muchos indicios que me rehusaba considerar. Llamadas a deshoras, salidas frecuentes, innumerables y poco claros compromisos sociales. Sobre todo la distancia con permanentes fuentes de irritación por cuestiones menores, conducta agresiva sutil y en casos no tan sutil.

Recuerdo vivamente que un domingo me desperté tarde. Isabel ya no estaba a mi lado. Por lo general yo la despertaba y aunque no era lo habitual no le di importancia. Seguía ignorando la frialdad y la distancia que se había instalado en la vida diaria. En general nos tratamos con respeto pero habíamos dejado de tener conversaciones íntimas y desde hacía varios meses no hacíamos el amor.

Terminado de desayunar y como era domingo, generalmente lo usábamos para hablar con Thomas por FaceTime. Al terminar la llamada hacia las 11:00 de la mañana, pensando en hacer planes para salir a comer a un restaurante como era costumbre, me anuncia que tiene algo importante que decirme y que necesitamos hablar seriamente, por lo que es mejor que salgamos a la terraza. Yo aún estaba sin vestir, solo con una bata ligera. El día estaba nublado y frio, pero acepté salir sin protestar ya que su tono era firme y autoritario. No tenía idea de lo que venía, no obstante que el apremio anticipaba malas noticias. Antes de sentarnos me dijo que quería que nos divorciáramos. Sin darme tiempo a digerir la noticia, responder o hacerle preguntas agregó que en una semana se iría a vivir con Alberto, un amigo mutuo de quien estaba enamorada. El golpe fue inesperado y lo único que pude responder fue preguntar por Alejandra, la esposa de Alberto. En un tono combativo me dijo que ese no era asunto mío.

Quizá conociéndome, sabiendo que odio el conflicto, como si fuera un hecho consumado me advierte que su abogado me va a enviar un acuerdo de divorcio voluntario, sin condiciones, por lo que espera que lo firme, ya que estaba dispuesta a dejar la casa que estaba a mi nombre con los muebles, cuadros y objetos, salvo algunos que ella estaba segura que no opondría. Sin esperar respuesta, llorando me dejó solo en el jardín donde permanecí un largo tiempo sin poder reaccionar.

Hacía frío y no tenía la ropa apropiada pero seguí sentado sintiendo una gran angustia y miedo de no saber cómo sería la vida sin Isabel, quien a pesar de los conflictos recientes era mejor que una soledad que desconocía.

Fue tan desconcertante haber desayunado con ella y conversar con tranquilidad con Thomas antes de la tormenta. Pasar de una armonía relativa a una ruptura violenta e inesperada. Temblando de frío me preguntaba porque no lo anticipé cuando los síntomas de ruptura se hacían evidentes. Quizá mi carácter de pensar que todo está bien, de no reconocer problemas y, en buena medida, no saber enfrentar la realidad.

Siguieron unos días aciagos ya que apenas cruzamos palabras mientras empacaba, salía y entraba, generalmente cuando yo estaba en el banco. Las noches que siguieron, ella dormía en el cuarto de Thomas. Pasé las primeras noches pensando, triste en la cama que ahora resultaba fría y gigante, examinando nuestra relación. Los signos reales de crisis eran evidentes pero los ignoré. Los abrazos desaparecieron al igual que los saludos amables. Discusiones por asuntos triviales y sobre todo la dificultad de encontrar puntos de acuerdo. Quejas por los temas más absurdos como que el jardinero no hacía bien su trabajo, un regaño injusto a la sirvienta o porque la luz del pasillo no funcionaba.

Solo en mi cuarto tuve serios problemas para dormir y por las mañanas amanecía sudando, angustiado y con dolor en el pecho. Algunas veces la almohada estaba mojada, quizá por haber llorado sin saberlo. Como trabajaba en esa época, tenía que dejar la tristeza en la casa y un baño caliente en la regadera era una buena ayuda.

Como me lo anticipó, en una semana llegó un documento de su abogado en el que no hacía ninguna reclamación de tipo económico y explícitamente me dejaba la casa sin condiciones. Alberto era muy rico e Isabel había heredado propiedades y rentas, además de un patrimonio que le daba absoluta independencia económica.

El divorcio fue rápido ya que no quise contratar un abogado, solo firmar el acuerdo sin modificarlo. La cita con el juez fue inocua y en general todo el proceso fue relativamente fácil en el terreno formal. No había problemas con Thomas quien, después de graduarse en la UNAM, estaba becado en España estudiando actuación, por lo que el divorcio no representaba problemas de custodia como fue el caso de Alberto, el amante y actual marido de Isabel, quien tenía hijos pequeños y por eso su divorcio fue muy conflictivo y se consumó después de un largo y costoso litigio.

La culpa de la infidelidad y la prisa de irse a vivir con Alberto me permitieron conservar muchos de los cuadros y antigüedades que, naturalmente, durante los primeros años de separación no compensaban la pena de la deslealtad.

VII

Revisé el programa de la Sala Neza de la semana para invitar a Norma, pero no ofrecía conciertos atractivos ya que la Filarmónica estaba de gira. Por ello la invitación solo fue para cenar en el restaurante San Angel Inn porque, además de ser muy atractivo por su estilo colonial, a los dos nos queda cerca, El ambiente es muy agradable sobre todo las mesas al aire libre frente a la fuente. Como Norma vive en Chimalistac le sugerí que tomara un Uber y yo la llevaría de regreso. Para mí, el encanto de la vieja hacienda colonial es ideal para una cena romántica, cena en la que abrigué esperanzas de despejar incógnitas y conocer más íntimamente Norma y así limitar en lo posible la imaginación.

A Norma le pareció bien la selección y la sugerencia de llegar en Uber y no dijo nada sobre la idea de llevarla de regreso a su casa, abriendo la posibilidad de conocer su hogar si las cosas salían bien.

No sentamos en la terraza, ya que no hacía frío. Yo pedí las crepas de Huitlacoche y ella la sopa fría de alcachofa. Como plato fuerte, ella la milanesa de ternera con hongos y yo filete a la pimienta verde. La conversación se distendió después del segundo tequila que Norma pidió como aperitivo y una espléndida botella de vino mexicano, Cabernet Sauvignon de Cetto. De postre compartimos las "Crépes Suzzete" y para acompañar el café un cognac.

Los efectos de las bebidas facilitaron llevar la conversación hacia aspectos íntimos de mi vida, lo que permitió que ella fuera más reservada. Sin recordar la conversación en el café, le repetí que estaba divorciado desde hacía 10 años con un hijo viviendo en España a quien visito regularmente. Ella, más discreta en los detalles, también estuvo casada y según dijo ha tenido muy malas y dolorosas experiencias románticas que la han dejado muy lastimada y sin interés de volver a invertir tiempo en relaciones románticas. Sin entrar en detalles, me da a entender que una última tuvo un mal desenlace. La sentí incomoda con el tema y por ello no quise preguntar detalles tratando de ser discreto, pero algo me dice que se trató de algo muy serio que sigue presente. Quizá aún seguía enamorada.

Disfrutando del cognac y de la noche que había refrescado, de manera natural le tomé la mano para expresar cercanía, gesto que me corresponde dejando caer la suya sin apretar la mía, implicando proximidad y cierta confianza. Le hablé de mi vida diaria, solitaria, con tiempo para leer y escribir como retirado con una situación cómoda y sin problemas económicos. Me preguntó si mi ex-mujer seguía casada y si la frecuentaba, a lo que contesté que seguía casada y con un rotundo NO al contacto con ella, lo que implicaba que el resentimiento seguía vivo. No mencioné los detalles del engaño ni el hecho de que su amante y ahora marido había sido un buen amigo. Le hablé de un pequeño y selecto grupo de amigas solteras o divorciadas con las que había evitado romances más allá de un fin de semana y algunos viajes cortos. "Sexo sin compromisos," me dice en tono burlón. Tomarle la mano a Norma y su respuesta me abren sentimientos que no había experimentado desde hacía por lo menos un año. Me parece que estoy enamorado y seducido, sin saber el significado y qué es lo que sigue.

Ella fue corta en comentarios, quizá por haber sido yo el hablador, dándole oportunidad de no tener que hablar de su vida privada. No mencionó a su ex-marido y, como yo, no dijo las razones. Solo su gran decepción con los romances y la falta de seriedad de sus pasados amantes. Habló de diseño y de la señalización en un museo en Torreón, sin mencionar su trabajo en Penguin.

La noche había refrescado; por ello, con un rebozo de seda gris se cubrió los hombros y brazos que estuvieron desnudos durante toda la cena. Esta vez la falda era larga pero ajustada, dibujando su cuerpo hermoso, joven y sensual. Seguimos de la mano hasta llegar al auto tomados como si fuéramos pareja, lo cual era imposible dado lo poco que nos conocíamos. Me pareció que para Norma este tipo de situación relativamente íntima era natural. Para mí era un momento especial, extraordinario, mostrando el contraste entre dos generaciones distantes.

Manejé de regreso a su casa, los dos en silencio, aún de la mano, escuchando el concierto para mandolina de Vivaldi. Demasiado alegre para mi estado ánimo. Hubiera preferido algo más sentimental, más suave.

El portón de su casa es de madera obscura con marco de piedra volcánica negra, la calle está empedrada, bien iluminada pero vacía a esa hora. Me daba cierta seguridad ver una caseta de policía a poca distancia.

Cuando la ayudé a bajarse del auto, me sorprende con un abrazo apasionado frotando su cuerpo al mío y siento sus pequeños pechos muy erguidos, casi en punta, Abriendo la boca cambiando sabores nos besamos apasionadamente. Era una clara e implícita invitación a entrar en su casa, pero quizá por la falta de costumbre o la edad me sentí cohibido, con miedo del rito previo a hacer el amor. Estoy seguro de que mi nerviosismo, mezclado con una evidente erección, posiblemente la tenían confundida, pero a la vez pareció más determinada a invitarme a continuar en su sala o en su recámara. La luz del portón y el contacto con su cuerpo erguido y anhelante la hacían más atractiva y la situación más complicada y para mí más tensa. Sabía que me tocaba dar el paso siguiente. Sus acciones eran inequívocas; solo le faltaba alguna señal para que ella pudiera verbalizar una invitación a entrar en su casa, esperando que fuera yo quien tomara la iniciativa.

Haciendo un gran esfuerzo después de sentirla tan cerca y recorrer con las manos su cuerpo sensual que respondía al contacto de mis dedos como si yo fuera un músico prodigio y ella el instrumento melódico. Me armé de valor y con gentileza la hice a un lado. La miré directamente a los ojos expectantes. Temeroso y sin mucha convicción le dije que debíamos esperar. No encontraba las palabras apropiadas pero de manera firme, inequívoca, le digo que no me parece que sea el momento apropiado para entrar a su casa o hacer el amor como anticipa el alto contenido erótico de nuestras acciones.

Su cara fue de sorpresa y quizá de indignación por un supuesto rechazo al que estoy seguro no está acostumbrada. En mi mente me imagino escenas con finales opuestos; amanecer con un desconocido en la cama.

Regresé a mi casa triste y con sentimientos encontrados. Arrepentido, atormentado, acongojado pero a la vez feliz por lo que había ocurrido. Me pregunté cuál sería su reacción. Estaría decepcionada u ofendida. Era tarde pero me tomé el atrevimiento de llamarla por teléfono; no responde y de manera inmediata me envía al buzón de voz. No dejo recado ya que no sé qué decirle pero estoy seguro de que mi llamada quedo registrada con la hora y mi número de teléfono.

Sentado en la sala esa noche, desconcertado me serví un brandy para relajarme. Pensé en redactar un mensaje, pero desistí por no saber qué decir. El cognac después del vino y los tequilas de la cena, con la luz tenue del jardín, me había aletargado y dormitaba en el sofá. Desperté asustado con el sonido de mi iPhone anunciando un mensaje de texto. Eran las dos de la mañana y solamente podía ser Norma que vio mi llamada perdida. Con esa ilusión me apresuré a tomar el teléfono.

Era un mensaje largo que aún conservo, que dice que no me preocupe y me agradece haber evitado lo que habría sido un error, sobre todo por sus dolorosas experiencias pasadas. Me pide que dé tiempo para meditar y que tenga paciencia para esperar a que sea ella la que me busque. Con el teléfono en la mano, deslumbrado con la luz de la pequeña pantalla del iPhone, pero sobre todo con el contenido, me quedó claro en ese momento que el plazo para volver a saber de ella y recibir su mensaje era indefinido, pero al decir que tuviera paciencia podía indicar una espera larga.

Subí a mi recamara para cambiarme de ropa. Con una bata me siento en el escritorio ante la ventana viendo los arboles iluminados por la luna casi llena. Encendí la Mac, y más tranquilo le contesté su mensaje, agradeciendo que haya pensado en la frustración y en la angustia que me produjo haber dejado una noche inconclusa sin explicarle mis razones, Antes de enviar el mensaje borré las referencias que al final hacía sobre los límites de la paciencia, así como los conceptos "estar enamorado y ansioso de verla y seguir conociéndola," al darme cuenta de que no era el mensaje apropiado ante la distancia que ella misma había establecido.

Eran las tres de la mañana y exhausto me fui a la cama esa madrugada. Todo eso no es nuevo pero es reciente. Con el tiempo, las decepciones y las relaciones truncadas habían cancelado cualquier ilusión de sentirme nuevamente seducido y seductor al mismo tiempo. Conocer a Norma despertó sentimientos cercanos al enamoramiento que deseaba que no fueran como una botella de tequila para un alcohólico.

Ya en la cama, lleno de dudas, recuerdo haber pensando en el amor, si realmente existe, y, de ser el caso, si es duradero. Pienso en mi matrimonio, el deterioro que nos condujo al divorcio y las malas experiencias que le siguieron.

VIII

Desvelado, despierto angustiado pensando en la noche anterior. Traté de imaginar sin éxito cómo Norma la estaría pasando, en qué estaría pensando. La incertidumbre siempre me ha apabullado, pero la que sentí esa mañana curiosamente era más llevadera.

Ese día amaneció soleado y no tan frío, por ello desayuné en la terraza. Los limonares estaban en flor. Contemplar el jardín me dio una relativa tranquilidad.

Ya en mi estudio traté de reconstruir la noche y el significado del mensaje de Norma. Qué quiere decir que espere y qué tan larga será esa espera.

Abro el libro de Ferrante que me regaló Klinger hace unas semanas y que como amuleto me acerca a Norma. Tengo que reconocer que la conozco muy poco y el estado de encantamiento en el que me encuentro está lleno de huecos y dudas.

Para mi sorpresa Ferrante habla del amor desde las primeras páginas cuando se refiere a su iniciación como escritora. Cita las Rimas de Gaspara Stampa, autora a la que yo desconocía y quien le revela, siguiendo la tradición poética: "la insuficiencia de la lengua frente al amor, ya se trate del amor a otro ser humano".

Con esta guía inicio la búsqueda del sentimiento o el concepto "amor" como pretendía sin éxito la noche anterior antes de dormir.

Agradecido a Ferrante, quien me hace la tarea más fácil. Siguen en mi escritorio los primeros libros que la noche aciaga y antes de dormir había localizado en mi librero.

Siempre me gusta ver las paredes del estudio tapizadas de libros y estar rodeado de libros que por años he acumulado. Saber que están presentes viejas lecturas que me han formado y acompañado, como seguramente lo han hecho a muchos otros como a Ferrante. Me pregunto cómo será la biblioteca de Norma si es que tiene una.

Algunas bibliotecas son como templos, modernas o las más antiguas como la Palafoxiana de Puebla que data de la época colonial. La experiencia mágica y espiritual de caminar por ese espacio con la luz en los pasillos y libreros de madera obscura con cientos de volúmenes encuadernados en piel es inolvidable.

En mi biblioteca encontré El Arte de Amar de Erik Fromm, por ser obvia una primera opción, los Ensayos de Montaigne y la Ética de Spinoza, quien, según recuerdo, dedica una buena parte de su filosofía a la definición del amor entre otras emociones. De mi biblioteca digital en el iPad pienso también revisar la novela de la autora sueca Lena Andersson, Wilfull Disregard que acabo de leer, que trata de un amor obsesivo, esclavizante y no correspondido, situaciones que espero no tener que padecer.

Aún tengo presente el fuerte dolor de cabeza de esa mañana, producto de los cognacs de la noche anterior, la agobiante incertidumbre y los sentimientos contradictorios que me aquejaban desde esa noche.

Decido salir al jardín que me ofrece los aromas del azar de los limoneros o quizá el jazmín de la enredadera. Rodeado de las flores y los árboles que en octubre, después de las lluvias se muestran esplendorosos, pongo a funcionar la fuente que como siempre produce un sonido armónico del agua que golpea la superficie, generando reflejos ondulantes de luz en la pared blanca de la terraza. Me siento relajado. Un lujo sin duda, como en las descripciones de los cuentos árabes pero aquí, en México, mi pequeño paraíso es para mí una realidad. Me acuesto en la tumbona y de inmediato me quedo dormido bajo el cielo claro sin smog por ser domingo.

Me despierta Irene para decirme que está listo el almuerzo. Su voz es dulce y tenerla en la casa es otro milagro. No solo es una extraordinaria cocinera sino que en alguna medida es una compañera con la que
compartí los momentos difíciles del divorcio y posteriormente algunas alegrías. La contrató Isabel, recomendada por una amiga. Por fortuna aceptó seguir trabajando conmigo y ha estado empleada por más de una década.

Siempre pendiente de mis comidas, de tener mi ropa ordenada. En buena medida es una protectora. La trato con gran cortesía y sobre todo con respeto y admiración. Es muy joven, posiblemente cumplió o está por cumplir treinta años, ya que la contratamos cuando tendría diez y ocho. Desde la tumbona recién despertado me parece que es muy guapa, morena clara, bajita, ojos rasgados y negros como su pelo. Es de origen Mazateco, nacida en la Sierra oaxaqueña, un lugar bellísimo y alejado de la ciudad. Terminó secundaria y me doy cuenta de que le interesa seguir aprendiendo. Siempre pregunta por la música que estamos escuchando y por libros. Le he recomendado algunas novelas de temas y autores mexicanos que siempre termina y por lo general sus preguntas son relevantes, las que respondo gustoso. Recuerdo que la dejo muy impresionada el trágico final de Santa, la novela de Federico Gamboa.

Estoy seguro de que podría ser modelo de no ser por la estatura, sobre todo ahora que nuevamente se han puesto de moda las mujeres latino-asiáticas. Gracias a Roma, la película de Alfonso Cuarón, Yalitza Aparicio actuando como sirvienta aparece en portadas de revistas y llegó a estar nominada para obtener un Oscar como la mejor actriz. Recuerdo lo gratificante que para muchos resultó ver a una bellísima mexicana caminando por el tapete rojo en Hollywood. Irene siempre me ha parecido aún más bella y ahora que la veo bajo el sol le pongo más atención.

Vimos Roma juntos, como en otras ocasiones que me pregunta si puede sentarse a ver una película conmigo o yo la invito sobre todo a ver las películas en español. En esa ocasión, fui yo el que le sugerí verla. Al final le dije de manera espontánea y muy sinceramente que como en Roma, ella era parte de mi familia. Desde niño siempre vi a mis padres tratar con un gran respeto y cariño a quienes trabajaban con nosotros. Fueron las sirvientas las que cuidaron con gran diligencia a mis dos padres hasta que murieron, por fortuna los dos en su casa. Además, como niño estuve platónicamente enamorado de la recamarera que según la recuerdo era guapísima.

IX

Veo muy complicada la tarea de avocarme a descubrir lo que el amor significa, una palabra que estaba ausente de mi diccionario personal y sobre todo la idea de estar enamorado, cuyo significado me parecía una ridiculez. Sin embargo, desde la noche de la cena con Norma sigo pensando y dándole vueltas a ese concepto abstracto. Recuerdo haber estado lleno de ilusiones y al mismo tiempo miedos que Norma había despertado.

No obstante la advertencia de Ferrante, quien citando a Gaspara Stampa dice que no hay palabras o el lenguaje apropiado para explicar en palabras lo que es el amor, tengo numerosas fuentes que explorar y ver si las definiciones que han expuesto las y los poetas y autores me facilitan poner en un texto coherente lo que me falta y lo que siento. Ya está en mi escritorio una primera selección de libros con referencias al concepto, que espero sean útiles. En todo caso, no está mal volver a leer a Montaigne y a Spinoza.

X

Han pasado casi dos semanas desde que tuve noticias de Norma y como me ha pedido esperar a que se comunique, será ella la que dé el siguiente paso para retomar un relación que aunque corta, ha sido muy estimulante.

Finalmente llegó el día de la comida en Penguin con Klinger. Como me indicó el guardia de la entrada, dejé mi coche con la llaves en el garaje de la editorial. La secretaria me esperaba en una puerta lateral de la cochera confirmando que alguien se encargaría de estacionarlo. Me condujo a uno de los comedores en el segundo piso, un cuarto con una mesa ovalada con un atractivo florero con rosas amarillas en el centro, muy bien arreglada con dos lugares uno frente al otro. Seguramente

fue una habitación ya que las oficinas de la editorial están ubicadas en Coyoacán, en una gran casona colonial adaptada para oficinas, con un patio cubierto en medio que seguramente usan para eventos. El jardín es enorme y está muy arbolado.

La secretaria me dice que el Sr. Klinger no va a tardar y me pregunta qué quiero tomar. Le pido un tequila reposado. Un mesero lo trae en una charola con dos platos; uno con nueces y otro de vegetales crudos.

Me tenía muy intrigado la invitación ya que no tengo una relación con Klinger. Esa fue la primera vez que lo visitaba en sus suntuosas oficinas, decoradas con muebles coloniales mexicanos como la casa, todo de muy buen gusto. El piso es de barro rojo y en las paredes blancas hay cuadros con paisajes del Valle de México, un enorme Dr. Atl con el Volcán de Colima en erupción y una muy buena selección de cuadros abstractos de artistas contemporáneos, incluido uno de los más clásicos de Manuel Felgueres.

Para la ocasión nuevamente de mi closet seleccioné un elegante traje de gabardina azul obscuro con una formal camisa blanca y una corbata de Hermes verde claro con las Hs de la marca discretamente dibujadas para que no se noten a primera vista. Por tercera vez en dos semanas me visto seleccionando cuidadosamente mi atuendo, lo que me permite comprobar nuevamente que mi cuerpo no había cambiado ya que la ropa que dejé de usar cuando renuncié al banco aún me queda bien. Un testimonio de la vida disciplinada que llevo, pienso, sonriendo ante el espejo. Está claro que la edad no parece haberme quitado la vanidad.

Me apesadumbraba no haber tenido noticias de Norma antes de esta cita ya que tenía la sospecha de que el almuerzo con Klinger estaba relacionado con el encuentro que tuvimos en CU. Hubiera sido útil tener un mensaje de ella para saber cuál era mi situación y sentirme más seguro.

Al entrar apresurado al pequeño comedor Klinger me saluda efusivamente con un abrazo, lo cual me sorprende ya que nuestro trato ha sido formal y distante. Le agradezco la invitación y nuevamente lo felicito por el evento en Ciudad Universitaria. Hace un comentario machista y de mal gusto sobre Yolanda Cacho, la actriz y lectora en la presentación, comentario que ignoro, cambiando de tema para preguntarle por el libro de Ferrante. Me dice se ha vendido espléndidamente.

Nos sentamos a la mesa y veo una elegante tarjeta blanca con el sello de la editorial y con mi nombre impreso, seguido del menú: Ceviche de camarón, ternera en salsa blanca con verduras al vapor, flan de queso con helado y café. Me pregunta si me parece bien o si prefiero algo diferente. Sonriendo le digo que todo suena muy bien. Presume de su chef que se robó de un popular restaurante con dos estrellas localizado en San Sebastián.

Sugiere un vino de Sancerre frío y naturalmente estoy de acuerdo. Es uno de mis vinos favoritos pero solo para ocasiones especiales. No me gustan los vinos blancos dulces y el Sancerre, además de ser muy seco contiene sales o minerales, haciéndolo muy especial, distinto y sobre todo muy caro.

La vajilla es de Talavera de Puebla clásica, muy sobria. Quién halla decorado las oficinas, incluidos los comedores, hizo muy buen trabajo al relacionar una editorial europea con la cultura local. Los muebles, los cuadros y objetos son de gran calidad, destacando el arte y artesanía mexicana.

Un mesero abrió con gran ceremonia el vino, presentando la botella. Le sirve primero a Klinger para que dé el visto bueno, que lo hace con un gesto solemne, moviendo afirmativamente la cabeza

Brindamos sin determinar por quién o para qué. El vino estaba sensacional y así se lo dejé saber. Lo único que esperaba era que el mezclar el tequila y el vino con el estómago vacío no me hiciera hablar de más.

El ceviche era muy fresco pero un poco picante y sobre todo a tiempo ya que tequila con estómago vacío me había relajado y no quería estar muy suelto o desinhibido, sobre todo si como esperaba, Norma estaría en la agenda.

Me dio una larga charla sobre los problemas de la industria editorial, el precio del papel, los sindicatos en las imprentas y los altísimos costos del marketing. Presume del poder adquisitivo de Penguin y la facilidad de usar los derechos de traducción al español de títulos que en otros idiomas se han vendido bien. Menciona el reto que significa competir con la enorme oferta de nuevos títulos que cada año se publican y que rebasan el millón.

Me dice que tiene buenas noticias ya que sabe que me gustan los títulos agotados o "out of print" cuyos derechos siguen en poder de la editorial, Tiene un grupo dedicado a ver qué libros de su catálogo no están disponibles y cuáles son "rescatables" para hacer re-ediciones. Me llama la atención el comentario ya que Norma es quizá la única persona con la que mencioné el concepto "rescate de títulos" de difícil acceso por estar agotados. En fin, siempre hay casualidades, pero se siguen acumulando.

La ternera estaba exquisita, finamente cortada como si fuera carpaccio con una salsa cremosa. Después de dos copas del Sancerre lo felicité sinceramente por el espléndido almuerzo. La comida, el tequila y el vino me habían puesto de muy buen humor.

Al terminar el también magnifico flan, Klinger me sugiere una copa de Mirabel como digestivo o un Cognac con el café. Es

una gran tentación aceptar ya que el Mirabel es difícil de conseguir en México. Por ello sin pensarlo acepto la sugerencia, ignorando el riego de hablar de más si se toca el tema de Norma; la ausente que sigue presente. Además tengo que manejar de regreso a mi casa.

El mesero aparece con una botella alta y delgada con dos copas pequeñas de cristal. La etiqueta es de la famosa casa Francesa "Mirabelle plum Eau de Vie," Nos sirve generosamente. El aroma del Mirabel, un tipo de pequeña ciruela amarilla que se solo se usa para producir licor o, en algunos casos, para hacer mermelada, es un verdadero obsequio que hace de este almuerzo un auténtico banquete.

Disfrutando del licor, Klinger me interrumpe sin mediar advertencia. Con voz altiva con una sonrisa presuntuosa me dice que lo han promovido y lo trasladan a España. Al felicitarlo sinceramente le respondo que como lector me consta el buen trabajo que bajo su dirección la editorial ha realizado en México, con importantes traducciones, al mismo tiempo que se ha promovido el talento local.

No obstante haber anticipado que Norma sería tema de conversación, de golpe y de manera familiar se refiere a ella. Escuchar su nombre fue un shock, por ello no recuerdo exactamente las palabras que se usaron, pero Klinger fue directo para refiriese a lo que supone una muy cercana relación con ella. Al final de manera casual, baja la voz y agrega en forma de chisme o confesión, como si fuéramos amigos cercanos, que a pesar de que en las últimas semanas tuvieron serios conflictos los considera resueltos y por ello muy posiblemente Norma lo acompañe a vivir con él en España.

Norma, repito mentalmente su nombre, "a España con Klinger." Tenía previsto que hablaríamos de Norma, pero no con el detalle de tener una relación cercana y aún menos con la posibilidad de vivir juntos en España como pareció sugerir.

Fue como una vulgar bofetada. Me sentí entre avergonzado y apesadumbrado tratando de controlar la sorpresa. Como pude, lo felicité por su nombramiento y su relación con una chica espléndida que seguramente él recuerda que la había conocido en la presentación del libro de Elena Ferrante en Ciudad Universitaria que la editorial organizó. Estuve cerca de agregar que además de bella era muy joven para él y también para mí, pero me contuve a tiempo.

Estoy seguro de que Klinger estaba al tanto de mi interés por Norma desde que nos vio en CU y seguramente supo por ella de nuestras salidas, quizá de mi falta de valor por no haberme acostado con ella. Es muy posible que por eso planeó una invitación a comer. Como un macho cabrío, Klinger usó el almuerzo para pintar el territorio, marcando su zona exclusiva. No es mi estilo protestar o pelear por lo que obviamente no es mío, ni pretender que sea o haya sido.

Definitivamente no soy cabrío o venado para reclamar como mía a ninguna persona que por principio es libre. Me parece indignante que sea Klinger el que presuma de su relación y no sea Norma la que me comunique sus planes. Ese es su derecho y lo respeto aunque me duela.

Aun así, me siento engañado y usado por Norma, probablemente para poner celoso a su amante sabiendo que se marchaba a España. No puedo imaginar los conflictos que hayan tenido antes de conocerla, pero me queda claro que la tristeza que percibí en sus ojos cuando la conocí estaba relacionada con Klinger.

Quizá apenado por la falta de tacto o sutileza para advertirme que me hiciera a un lado dejándome saber que Norma no estaba libre, al ponernos de pie para despedirnos, me toma del brazo y me agradece que haya aceptado comer con él. Mencionó que estaba prevista una fiesta de despedida, aún sin fecha definida. Con razón consideré en ese momento fue de muy mal gusto el que me hubiera invitado.

Llamó a su secretaria para pedirle que me acompañara al estacionamiento. No hizo referencia a mi reseña del libro de Ferrante que están promoviendo y que le envié a la editorial. Nos despedimos con cordial distancia, esta vez sin abrazo. Traté de disimular mi enojo pero estoy seguro de que era notorio.

Bajando las escaleras, la secretaria, se dio cuenta de que no me sentía bien. Habíamos mezclado y consumido mucho alcohol y seguro mi semblante mostraba indisposición. Amablemente sugirió que tomara un Uber ya que el auto estaba seguro en el garaje privado y no había problema en recogerlo otro día.

Sintiéndome enfermo, no estaba en condición de conducir. Por ello, me pareció una buena idea el Uber y dejar mi auto en el garage de Penguin.

Asumiendo que tendría trabajo, me despedí de la secretaria a quien le dije que no hacía falta que me acompañara ya que el Uber estaba por llegar. Desafortunadamente no fue cierto ya que el Uber tardó en llegar 20 minutos que me parecieron eternos. Estuve parado, deslumbrado por un sol brillante. sin anteojos obscuros ya que estaban en el auto y no quería entrar nuevamente. El Uber resultó ser un sub-compacto viejo y destartalado. El aire acondicionado no funcionaba y el calor era insoportable. No se podían abrir las ventanas ya que había smog aunado a los camiones que expulsaban un pestilente humo negro. Sentí que me faltaba el aire, lo que provocaba una náusea terrible al estar encerrado con un extraño en un pequeño espacio. Había mucho tráfico en Taxqueña y el chofer que estaba de mal humor cambiaba constantemente de carril, provocando fricciones con los conductores de otros autos y en dos ocasiones estuvimos cerca de chocar, además de recibir insultos.

Me urgía llegar a mi casa, ya que estaba sudando frío y temía desmayarme y hacer una escena. En el trayecto estuvimos

varias veces parados en el tráfico, prolongando el viaje por casi una hora que me pareció interminable. Al bajar del auto en mi casa no pude resistir la necesidad de vomitar todo en la calle; el ceviche, los tequilas, el maravilloso Sancerre, el Mirabel sumado a la bilis de haber caído en una trampa, que yo mismo me había puesto. Estaba hecho un asco, con los zapatos y mi traje azul manchado y expidiendo un rancio mal olor.

Me daba vergüenza que Irene me encontrara en ese estado, pero para agregar a mis desgracias las llaves del portón de mi casa se quedaron en la oficina de Klinger junto con las del auto. Sin otra alternativa tuve que tocar el timbre y aguantar la pena de ver a Irene en ese deplorable estado físico, sucio y maloliente.

Aun mareado, apoyado en Irene, manchando su impecable

uniforme azul, llegué a mi habitación. La vi preocupada y por ello le dije con voz firme que no era necesario hablar con el médico, lo único que me hacía falta era descansar. Sugirió que tomara un baño para poder cambiar la ropa e ir a la cama. Estaba claro que su ayuda era necesaria. Yo no estaba en condiciones de rechazarla. Finalmente Irene era familia. Eran casi la siete y estaba obscureciendo.

XI

Al día siguiente desperté muy temprano con un fuerte dolor de cabeza. No recuerdo cómo llegué a la cama. No sé qué hizo Irene, solo sé que estuvo pendiente. Amanecí con la pijama puesta.

Necesité un baño para despejarme. Entrando a la regadera con el chorro caliente pienso en las ventajas de tener la salida del agua desde el techo y no en la pared, lo que hace que chorro sea vertical y no perpendicular y así posiblemente la presión sea más fuerte o por lo menos así la percibo. Hago la asociación de sentirme relajado bajo el agua golpeando mi cuerpo desnudo con la novela Sábado de Ian McEwan en la que el personaje central, un exitoso médico iraquí que vive en Londres, medita bajo la regadera acerca del progreso humano.
Vestido con suéter y ropa cómoda de otoño ya que empieza a hacer frío, como cada mañana tomo el teléfono para hablar con Irene para pedir el desayuno. Esta vez le pido que no prepare nada picante o elaborado, solo café bien cargado, huevos tibios, la fruta y pan tostado.

Sentado en el comedor, Irene muy discreta sólo pregunta si estoy mejor. Le agradezco su atención y pienso en la suerte de que trabaje aquí. Efectivamente me siento bien, después del baño y el café que como siempre saboreo con calma. Estoy más despejado, lo que me permite pensar en mi estado anímico de estas últimas semanas, el que, en esencia fue un paréntesis, muy diferente al verdadero yo.

Paradójicamente Klinger me libera del encantamiento en el que me encontraba. Me pareció haber recuperado la tranquilidad y una vida diaria sin serios problemas. No siento resentimiento. En el caso de que Norma se ponga en contacto como me ofreció, lo cual dudo, seré muy cortes. No tengo ningún reclamo que hacerle. Soy el único responsable del equívoco y la fantasía que yo mismo produje.

Metafóricamente pensé que el vómito de ayer incluía la ingenuidad de pensar que una cara bonita con ojos tristes eran la medicina a mis problemas afectivos pero resultaron veneno que por fortuna ayer escupí.

Al terminar el desayuno, ver a Irene caminar de espalda, bonita, segura, feliz, lo que me lleva a reflexionar en la buena fortuna de tenerla no como empleada sino como una verdadera compañera.

Pienso que es momento de volver a invitar a mis amigos, particularmente mis amigas cercanas que son de mi generación. Como las mujeres de las novelas de Elena Ferrante, independientes y cultas. Además, si es que tienen miradas tristes, no las he notado.

Salí a la terraza contemplando el jardín y enciendo la fuente que pone en movimiento el agua, produciendo maravillosos sonidos con reflejos de su movimiento. Alzo la vista. Cómo el cielo está nublado resaltan las copas de los árboles. Tengo fascinación por las formas de los troncos y las ramas torcidas de los enormes jacarandas sin flores dejando ver las formas esculturales diferentes y únicas que la naturaleza produce. Qué diferentes somos los humanos que corremos el riesgo de la uniformidad, de la que Orwell nos advierte en sus libros.

Después de unas semanas aciagas, me sentía tranquilo en la terraza disfrutando de la belleza y del tiempo para leer, escuchar música y selectivamente socializar como lo hacía antes.

Si bien todo parecía haber regresado a una relativa tranquilidad, en realidad no podía dejar de pensar en Norma, sobre todo cuáles eran las implicaciones de su relación con

Klinger, de quien tengo tan mala opinión, validada después del almuerzo.

Me inquietaba lo que parece ser una apresurada decisión de vivir en España. Hacía menos de quince días ella estuvo dispuesta a acostarse conmigo o al menos así lo percibí.

En realidad lo que fue un encuentro fortuito con Norma en un teatro de Ciudad Universitaria seguido de salidas a tomar café y una romántica cena terminó en la puerta de su casa con erótico abrazo y besos apasionados, situación que anticipaba hacer el amor, noción que por mi carácter rechacé.

No obstante apreciar en paz de lo que me rodea, olvidando lo que me falta, lo que no me corresponde y finalmente lo que parece no puedo tener, me siento obligado a compartir con Norma, como un amigo cercano, lo que considero son evidentes riesgos de asociarse con Klinger, un cínico muy poco confiable.

Era aún temprano y tenía que recoger mi auto en la editorial. No me parecía necesario advertirle a la secretaria de Klinger; por ello me apresuré a vestirme. Fui nuevamente a mi closet de la ropa formal por cuarta vez en menos de un mes, pensando en el atuendo apropiado para la ocasión. De pie, en la puerta de espejos del ropero de la ropa que no uso desde hace mucho tiempo me río al pensar en el cambio que en mi vida diaria produjo haber conocido a Norma.

Buscaba un atuendo formal que me hiciera ver más viejo, ya que aunque no tenía prevista una cita, esperaba saludar a Klinger.

Elegí un elegante traje negro de rayas blancas como los que usan los "gangsters" en las películas. Con camisa blanca de cuello largo y una corbata lisa azul obscuro daba la idea de ir a una reunión solemne para reunirme con el jefe de la mafia contraria.

La mañana estaba fresca y esta vez, por fortuna el Uber que me condujo a la editorial era relativamente nuevo con un amable chofer. Era media mañana y no había trafico así que en lugar de una hora, llegamos a Penguin en veinte minutos.

Para recoger mi auto tuve que subir a la oficina de Klinger donde guardaban mis llaves. Para mi sorpresa Klinger estaba parado a un lado de su secretaria. Los saludos fueron corteses pero no hubo abrazo.

Después de preguntar cómo me sentía ya que supo que había estado indispuesto después de la comida de ayer, me invitó a pasar a su oficina, invitación que me pareció una buena oportunidad para decirle personalmente lo que tenía previsto escribirle en un mensaje agradeciendo el almuerzo

La oficina está en una esquina en un segundo piso con grandes ventanales al jardín. Un gran librero cubre una de las paredes. Los muebles son de carácter colonial consistentes con la decoración de la casona de la editorial. Hay una o dos piezas antiguas europeas, particularmente un alto y atractivo librero giratorio de caoba obscura posiblemente inglés de la era Victoriana. El escritorio es de madera sólida con libros y papeles bien ordenados, además de una vistosa iMac azul. Con gran ceremonia me dice que el escritorio perteneció a Justo Sierra. En la pared detrás del escritorio hay un enorme cuadro azul obscuro de Ricardo Martínez con una mujer lacandona desnuda, de cuerpo entero y de perfil arrodillada con los brazos estirados. Tiene las manos juntas formando un cántaro lleno de agua que se filtra entre los dedos emitiendo una luz que alumbra su cara y a la vez una poza donde el agua cae y se acumula.

No hay duda de que quien decoró la oficina y el edificio hizo un trabajo extraordinario. Klinger, sin saber que decir, me invita a sentarme ofreciendo un café que acepto con gusto. Nuevamente pregunta nervioso por mi salud diciendo que si hubiera sabido que no pensaba manejar me habría ofrecido un chofer que me llevara de regreso.

Un mesero formalmente uniformado abre la puerta y entra con dos tazas de café junto con una jarrita de leche y una azucarera. Una vez solos los dos, le pregunto usando un tono amable si puedo ser sincero y si como adultos los dos hacerle algunas preguntas que pueden ser indiscretas o personales, advirtiendo, para aligerar la situación que no hay preguntas indiscretas, solo respuestas indiscretas.

Con una sonrisa que no oculta su sorpresa y sin perder la calma, asiente. Quizás no muy convencido me invita a seguir adelante. La cara se tensa cuando le digo que aunque solo haya tenido oportunidad de conocer por un breve tiempo a Norma, y de haber tenido muy malas experiencias en mis relaciones me pareció impropio seguir el cortejo, sobre todo cuando la diferencia de edad es de más de veinte años. Con calma le dije que por esa razón me pareció difícil seguir explorando el romance sabiendo que ella tiene menos de 40 años y por ello con el tiempo justo para tener hijos y formar una familia, si es que lo que desea. Hice una pausa. Klinger guardó silencio y no respondió, lo que permitió preguntarle su opinión, usando el tono de alguien que está pidiendo un consejo.

Se levantó del escritorio muy serio dándome la espalda para asomarse por la ventana. Después de unos segundos, se voltea y nuevamente mirándome de frente, en tono poco amable me respondió que esa era una pregunta muy personal que la debería consultar con un psicoanalista o si fuera religioso con un sacerdote.

Sin inmutarme, arriesgando a tener una respuesta agresiva, le dije que si bien era yo quien hacia una pregunta referida a mi situación y apreciando su sugerencia, me gustaría que me dijera que pensaría si la situación fuera la suya, sabiendo su intención de invitar a Norma a vivir con él en España.

Regresó molesto a sentarse en el escritorio y con los codos en la mesa con un tono frio y cortante me dijo que ese no era mi asunto.

Con toda tranquilidad le dije que estaba equivocado ya que aunque había sido breve mi relación con Norma, se estableció una relación que como amigo me obliga a expresar mi opinión sobre una situación que a mi juicio puede ser muy perjudicial para ella.

Molesto trata de sonreír y toma el teléfono para llamar con tono. cortante a la secretaria, a quien al entrar le pidió que me diera las llaves del auto y me acompañara al garaje para asegurarse de que no tuviera problemas para salir. En la puerta de su oficina haciendo un esfuerzo de parecer ser cortés, con un tono irónico tratando de ocultar su desagrado, tendió la mano diciendo que tenía una mañana muy ocupada, implicando que había sido un gran favor recibirme. Me sentí aliviado de haberle dicho lo que pensaba. Satisfecho, me resultó más fácil la despedida, nuevamente agradeciendo su "valioso" tiempo.

La secretaria muy cortés esperó pacientemente de pie en el garaje hasta que fue posible salir ya que el estacionamiento estaba saturado y los encargados tuvieron que mover los vehículos para liberar el mío.

Llegué a mi casa ciertamente abrumado por el ríspido intercambio con Klinger. Estaba lleno de dudas ya que no sabía si había actuado bien, si me había excedido y sobre todo que pensará Norma cuando se entere del follón que había ocasionado sin medir la consecuencias que para ella podría tener mi intromisión en sus asuntos más íntimos.

Nuevamente frente al espejo listo para cambiar de ropa pude confirmar que había elegido el traje y la combinación adecuada, para enfrentar a un "mafioso" en sentido metafórico, y por ello me había vestido como tal.

Pensaba que dejaría en paz este guardarropa con trajes que difícilmente volvería a usar, un extraño pensamiento que quizá confirmaba envejecimiento o el final de un ciclo que no acaba de terminar. Cierro la puerta y busco ropa cómoda y caliente ya que estábamos en pleno otoño.

Hacía frio y estaba nublado y no obstante que Irene había planeado el almuerzo en el comedor, le pedí que lo sirviera en la terraza. Necesitaba respirar aire libre para determinar cuál debía ser el paso siguiente y como alertar a Norma del caos que de manera deliberada y sin su consentimiento me parecía haber provocado.

XII

Al terminar de comer, disfrutando del café que Irene había traído de Oaxaca, llegué a la conclusión de que debía hablar con Norma. Consideré que era imprescindible que supiera lo que ocurrió esa mañana, siendo ella el tema del conflicto que yo provoqué con su amante, novio o amigo.

Empezaba a soplar viento, lo que provocaba una lluvia de hojas secas de los árboles que caían en la mesa acompañando a los restos de la fruta y un delicioso flan que no pude terminar.

Decidí tratar de comunicarme con Norma por teléfono ya que explicar por escrito lo que pasó en un un email sería muy largo y complicado. Asimismo, pensé en las ventajas del teléfono en especial poder escuchar sus reacciones, lo que permitiría moderar un diálogo, si se realiza. Estaba consciente de que explícitamente Norma me había pedido paciencia y que debía ser ella la que me buscara. Sin embargo, a la luz de las circunstancias consideré que esperar no era una opción.

Sentado en mi escritorio, nervioso marqué el número de su celular. Para mi sorpresa contestó una mujer con voz madura que podía ser su madre o la sirvienta. Me respondió que la Señora se comunicaría más tarde conmigo ya que estaba en una llamada Zoom con un cliente. Le agradecí y le dije que era muy importante hablar con ella.

El haberse referido a Norma como la señora no dejaba duda que se trataba de una empleada y no una pariente o amiga. Asimismo, me pareció una buena noticia el que contestara mi llamada y me permitiera que escuchara en el fondo una conversación por Zoom, la razón por la que no me había contestado.

No quise leer más allá de estas consideraciones pero me pareció que me llamaría y así, tendría oportunidad de ponerla al tanto de los sucesos de ese día, si es que Klinger no lo había hecho antes, lo que sería lógico.

Lo que era un hecho era que el enamoramiento y la pasión por Norma se habían relajado por irracionales y absurdos sobre todo sabiendo tan poco de ella y de su vida. Ni siquiera sabía quién fue su marido y por qué se separaron, si ese hubiera sido el caso, solo me había dicho que estuvo casada. El largo silencio que siguió la noche de pasión frustrada había creado distancia y finalmente la noticia de su íntima relación con Klinger hizo que la posibilidad de una relación romántica y seria con Norma se hubiera esfumado. A la luz de las circunstancias, no me quedaba duda de que se trató de una falsa y fallida esperanza que con sobriedad puedo fríamente analizar. Sin embargo la confusión de sentimientos era obvia ya que no era posible negar que Norma despertó en mí emociones que consideraba muertas o dormidas.

Salí a la terraza a tomar aire. Siempre es un lugar que sirve de ayuda para poner en orden mis ideas antes de poder hablar con Norma como esperaba hacerlo. Estaba atardeciendo y la música de un intenso diálogo entre los pájaros era una buena distracción. Cada vez que dedico tiempo a escuchar los sonidos del jardín entiendo por qué quienes componen música caminan por el bosque donde encuentran nuevas combinaciones de tonalidades para incorporarlas en sus sinfonías.

Me preguntaba las razones que me llevaron al extremo de confrontar a Klinger, qué tipo de sentimientos hacían que Norma siguiera presente sobre todo si la idea de un romance en ese momento parecía estar descartada. No tenía idea de la importancia de Norma en mi subconsciente para haber tomado una acción arriesgada e irracional. Sobre todo haber confrontado a Klinger sin haber previsto las consecuencias.

Por lo pronto, solo la posibilidad de recibir una llamada de Norma, como me ofreció su asistente, fue un gran alivio.

Estaba en deuda con ella por varias razones, particularmente por no haberle advertido lo que pensaba hacer. Me justificaba al tomar conciencia de la etapa de la vida en la que nos encontramos Klinger y yo, y analizar lo que representa nuestra edad en relación a la suya, no la que representamos los tres en términos de posibilidades sino la verdadera. Por ello, la conversación con Klinger se dio pensando en los conflictos implícitos en relaciones amorosas cuando existe una notoria diferencia de edad sobre todo si se trata de personas con la opción de formar familia, y si esa ventana u opción está a punto de cerrarse como es el caso de Norma.

En principio, después de reflexionar sobre mi venturosa confrontación con Klinger, no me pareció que fuera posible que una joven menor de cuarenta años pudiera enamorarse de un hombre que por muchas razones no puede amarla adecuadamente y ofrecerle lo que a cierta edad se espera, particularmente reproducirse, tener una familia. En esa situación me incluyo yo y Klinger.

Cuáles eran mis verdaderos sentimientos hacia Norma, quizá lo que había en mí, era una indescriptible cercanía a lo que llamamos amor filial.

XIII

Fue una gran sorpresa el recibir la llamada de Norma una hora después de la mía, evitando así la tortura que para mí representa la espera y la incertidumbre. Su voz era triste y sin tener pruebas la imaginaba haber llorado.

Yo permanecí virtualmente en silencio, ya que ella fue la que dominó la conversación sin darme espacio para responder y contar mi versión de lo sucedido. Después de los saludos de costumbre, de inmediato dijo que sabía lo que había ocurrido sin dar detalles de dónde o qué había pasado, asumiendo que los dos sabíamos a qué se refería. Me pareció sincero su agradecimiento por haber pensado en ella. Me advierte con tono serio que para ella, el teléfono no era el medio ni ese el momento para conversar. Para mi enorme sorpresa me invitó a desayunar en su casa el domingo, invitación que acepté de inmediato agradeciendo la oportunidad de darle mi versión si le interesaba. Al despedirnos, me quedé sentado en mi escritorio contemplando los arboles por la ventana, pensando en lo brevísima que había sido la llamada, misma que para mí se limitó a escuchar y asentir a lo que decía Norma, siempre manteniendo un tono tranquilo.

Después de todo, el resultado de la conversación no podía ser mejor, sobre todo luego de haber contemplado la posibilidad de que no contestara a mi llamada o peor aún que enojada me reclamara por entrometerme en su vida sin su autorización.

Fueron tres días de relativa tensión hasta que llegó el domingo. El ego me impuso como primer problema de esa mañana decidir cómo vestirme. Esta vez no podía repetir los Levis. No quería que pensara que quería ser "cool" o aparentar ser más joven, sobre todo porque después de la plática con Klinger, la edad sería, al menos implícitamente, tema central de la conversación. La mañana estaba fría y el cielo nublado; por eso, decidí usar un suéter de lana negro de cuello de tortuga, pantalones de algodón gris obscuro y una chamarra corta de piel color miel.

La cita era a las once y al llegar puntual a su casa, me esperaba un hombre joven que podía ser el mozo, con la puerta del garaje abierta, indicando que era más seguro dejar el auto en la cochera. Siguiendo sus instrucciones, me estacioné junto al elegante Lexus de Norma.

La casa no se podía ver desde la calle. Era de diseño muy moderno en una zona de casas coloniales, con una planta y media rodeada de grandes ventanales de techo a piso.

La puerta de entrada es de caoba sólida y muy pesada con herrajes negros. Está colocada a la mitad de un largo espacio sin muros y sin columnas lo que hace más vistoso el particular diseño arquitectónico. La estructura del largo espacio rectangular solo estaba sostenida por cuatro pilares en los extremos y por cuatro trabes de acero en el techo de dos aguas, trabes que estaban unidas por un travesaño, formando así, un triángulo equilátero en cuya base los ángulos internos eran de un tamaño reducido haciendo que la superficie del techo fuera casi plana. Como en los graneros antiguos las paredes también se sostienen desde el techo y por columnas en los cuatro costados. En la casa de Norma, en lugar de muros, el arquitecto utilizó grandes ventanales que miran a un bello jardín, los que claramente no soportan mayormente peso.

El espacio lo ocupa la sala y el comedor, los que estaban alumbrados de manera directa por dos tragaluces que sirven también para delimitar las funciones particulares de cada espacio. Aunque estaba nublado, el diseño y los ventanales iluminaban la casa con una intensa luz natural. De las dos paredes laterales pintadas de blanco difuso estaban suspendidos cuadros; un desnudo de Fernando Botero color naranja y al frente un abstracto con gruesos trazos negros y grises de Castro Leñero.

Los pisos eran de mármol blanco bordeados de baldosas grises acentuando los tapetes multicolores seguramente turcos, kilim Kasak o afganos

No hay duda de que quién decoró la casa es un o una profesional y lo hizo con un estupendo gusto usando muebles modernos italianos de Cassina y nórdicos de Knoll. En el centro de la sala había dos mesas bajas de cristal con pesados libros de arte y objetos de plata y de laca mexicana. Los sofás y sillones eran también blancos pálido mate con pequeños cojines forrados por bellísimos textiles, posiblemente peruanos antiguos. Las lámparas de mesa y de pie eran ultramodernas al igual que los dos globos que cuelgan del techo, formados con piezas de madera curva clara para proyectar la luz y formar una esfera perfecta. El comedor estaba a la izquierda de la entrada. Tiene una mesa cuadrada de madera sólida que acomoda ocho sillas muy modernas con un respaldo alto y tapizadas con cuero negro. Desde la entrada, advertí que se habían previsto dos lugares en una de las esquinas de la mesa, de forma que estaríamos sentados perpendicularmente uno junto al otro.

De pie pude observar la vajilla que era de cerámica gris con un borde azul contrastado con los individuales de cristal o acrílico mate obscuro. A un lado servilletas de lino amarillo, una copa para agua o jugo y una taza para café, té o chocolate caliente. Al centro había un gran frutero de plata con manzanas, ciruelas, mandarinas, plátanos, mangos, mamey y otras frutas exóticas arreglados como los que pintaba Frida Kahlo.

El mozo me preguntó si quería tomar café mientras esperaba sentado en la sala a a la señora, pero ya no fue necesario porque Norma bajó guapísima, esta vez con pantalones sueltos de seda o algodón gris obscuro, un blusón verde obscuro de cuello en V dejando expuesto un discreto collar de perlas. El atuendo podía ser un lujoso pijama. Se veía frágil, vulnerable y con los ojos hundidos. Esta vez, más que triste parecía agotada.

Como en los anteriores encuentros, nos saludamos de manera formal con besos en las dos mejillas. Yo me sentía cortado y guardaba una cierta distancia, sobre todo porque al verla bajar la escalera me dio un vuelco al corazón, lo que probablemente fue evidente. Era una clara señal de que aún quedaban en el subconsciente elementos que la hacían irresistible. Por un momento casi perdí el control y tuve el impulso de correr a abrazarla. Por suerte el ser racional, la conciencia, se impuso y guardé lo mejor que pude la compostura.

Ella afectuosa como buena anfitriona me trató con amabilidad y cariño tomándome del brazo para acompañarme a sentarme en el lugar que me había asignado en el comedor. Sin embargo me parecía que detrás de esa pantalla de gestos educados había un mundo complejo al que me hubiera gustado poder adentrarme, sobre todo en las regiones más lejanas de su conciencia, en lo relacionado con Klinger y al efecto que pudo tener en ella mi no solicitada intervención.

Me agradeció las flores que le envié colocadas en la sala en un moderno florero cuadrado de cristal. Me dio gusto que mencionara el pequeño bouquet de "Lirios de los valles" también llamadas "Lágrimas de María," que de manera especial le había pedido a la florista. En alguna conversación pasada le había comentado que por ser tan delicada era una de mis flores favoritas. Son de clima frío y posiblemente en México se cultivan en viveros especiales ya que no es fácil conseguirlas. Para mí es imposible olvidar una colina blanca llena de esas flores en uno de los magníficos jardines ingleses que había visitado hacía muchos años con mi ex-mujer.

Me dijo que le hubiera gustado desayunar en el jardín pero que estaba nublado y frío con posibilidades de lluvia. Caminando hacia la mesa compartimos el gusto por la naturaleza y la fortuna que representaba tener un jardín en una ciudad contaminada, tan grande y desigual.

Me sorprendió ver en mi lugar un plato de cristal transparente con gajos de toronja y un vaso de jugo de la misma fruta. Le pregunté sorprendido cómo sabía que con el desayuno era mi fruta favorita. Con una sonrisa malévola dijo que las mujeres saben destapar los secretos más íntimos, las mañas y las manías. Me quedó claro que Norma había hablado con Irene para preguntar por mis desayunos. No había otra explicación.

El mozo que me abrió la puerta ahora impecablemente vestido con una filipina de lino blanca trae una charola de plata con dos modernas jarras de plata con asas de madera para el café y la leche.

Norma me preguntó si quería algo especial ya que habían preparado una tortilla española vegetariana pero podían servir huevos, wafles o pan francés. Seguí la sugerencia de la casa optando por la tortilla española que estuvo muy bien preparada con alcachofas, berenjena, pimientos y otros vegetales.

Norma abrió la conversación hablando de temas triviales; las películas, los libros, las noticias de nuestro incompetente Presidente, el mal gobierno y lo mal que estaban las cosas, particularmente la violencia y la inseguridad. Habían pasado varias semanas desde nuestra cena y el fallido romance, por ello tomó tiempo romper el hielo.

Le hice comentarios sobre el buen gusto y lo bien arreglada que tenía su casa. Pregunté por el arquitecto ya que el diseño me parecía muy especial. Se hizo un breve silencio. Con cierta tristeza mencionó que fue su ex-marido Roberto Cruz quien la proyectó. Con voz triste y apesadumbrada me dijo que fue un muy talentoso arquitecto y desafortunadamente había muerto muy joven de manera inesperada y súbita. Norma estaba por cumplir diez años de viudez y era evidente que la pérdida de su compañero seguía presente.

Más animada, con detalle describió los proyectos que habían desarrollado durante el tiempo que duró su matrimonio, en especial un lujoso hotel spa en la costa del Pacifico, al sur de Puerto Vallarta. Con patente orgullo destacó la visión que tuvo su marido antes de casarse al haber invertido en terrenos de muy difícil acceso pero con las características de un ambicioso proyecto se convirtieron en fabulosos negocios. El lugar es extraordinario ya que combina enormes acantilados de roca que se unen a una bahía cerrada con playas de arena fina y blanca. Norma me explica que la asociación con inversionistas franceses les permitió desarrollar la zona convirtiendo terrenos originalmente inaccesibles por lo que originalmente costaban centavos. La sofisticada y cara infraestructura transformó la zona en un lujoso fraccionamiento en el que actualmente se localizan suntuosas mansiones, además del hotel que su marido diseñó y Norma administró hasta la muerte de su esposo.

Conozco bien La Casa Encantada, el hotel que Norma había mencionado y donde había pasado unas no muy felices vacaciones con mi ex-esposa unos meses antes del rompimiento. Localizado en un empinado precipicio con espectaculares vistas al mar y a la montaña comprende varias unidades de concreto pintado de blanco. Las suites están en diferentes niveles integradas a la montaña. Son de diferentes tamaños y casi todas tienen albercas individuales. Los diferentes niveles están conectados por callejones y pasillos que bordean imponentes barrancas de roca en las que chocan las olas produciendo distintos sonidos dependiendo de las mareas. Para bajar a la playa hay un camino de piedrecitas redondas pulidas de rio y un elevador. A la distancia el hotel parece un cuadro cubista.

Norma me comento ufana cómo concibieron el proyecto desde

las primeras etapas, explorando durante el noviazgo el remoto y bellísimo paisaje tropical, la elaboración del diseño de la urbanización con el apoyo de ingenieros franceses y los planos de hotel que aún conserva. Recordó los problemas de la compleja edificación hasta terminar la construcción.

Conociendo el lugar es claro que para realizar esa obra requirieron cuantiosas inversiones y ambiciosos socios que hicieron posible terminarlo en menos de dos años. En ese contexto me habló de los viajes que hicieron a Tailandia y Camboya para conseguir personal especializado en capacitar masajistas mexicanas destinadas al spa. Haciendo memoria, me dijo orgullosa que el trasplante de talentos funcionó de maravilla, incluso citó el caso de una terapistas tailandesa que termino casada con un mexicano. Según me contó, la idea de Roberto, su marido, era unir el Océano Pacifico Mexicano con el Asiático. Por ello, además de las masajistas, también contrataron un chef japonés quien, junto con los cocineros locales, hizo del comedor un lugar internacionalmente reconocido por la comida y el extraordinario ambiente ya que estaba situado en la parte superior del hotel, en una explanada con amplios ventanales que se asomaban a la montaña, la bahía y el mar abierto.

Por el tono de la conversación era obvio que el tiempo que Norma estuvo casada estuvo lleno de aventuras, de oportunidades y éxitos que se proyectaban en su casa y en los recuerdos que generosamente compartió ese día, incluso cuestiones íntimas de carácter financiero, como mencionar la suerte que al enviudar le fue posible vender el hotel y algunos terrenos, lo que le había dado una vida holgada, sin tener que preocuparse por el futuro económico. Me dice que tiene un asesor financiero en Nueva York amigo de la familia que le lleva sus asuntos y se encarga de administrar lo que parece ser una gran fortuna.

Pensé que ese era un buen momento para preguntar por el

presente y cómo había podido lidiar con la pesadumbre de la muerte sobre todo por lo que fue un muy cercano y feliz matrimonio.

Ella lo describió como un desastre, sobre todo su prisa de tratar de encontrar un substituto ya que, según dijo, no tolera la soledad. Comenzó a describir los cortísimos romances, principalmente con hombres sin interés o la capacidad de establecer relaciones de largo plazo. Señaló con tristeza que le tomó un tiempo reconocer que se asociaba románticamente con quienes no deseaban involucrarse, sino que desde el comienzo pensaban dejarla. Con detalles mencionó los casos de quienes desde el principio le decían que no se hiciera ilusiones, pero desafortunadamente no los escuchaba. Ella tenía claro pertenecer a una cultura en la que tener relaciones sexuales con otra persona trae responsabilidad e implicaciones, sin embargo, por lo que me contó, no me parece que haya sido muy rigurosa.

La conversación se hizo aún más íntima y cruda, tomando un tono parecido al de una confesión cuando dice con cierta amargura que detestaba la rutina del condón, lo que le parecía vulgar e innecesario ya que desde su matrimonio se cuidaba y se abstenía de tener relaciones en las fechas más fértiles de su ciclo. Enfáticamente con tono defensivo dijo que nunca en su vida había comprado o tenido un condón en su casa o en su bolsa, lo que a mi juicio, implícitamente dejaba en manos de sus amantes la decisión de usarlos, lo que parecía ser la regla. Al escucharla me di cuenta de que yo tampoco había comprado condones y si los había usado era a petición de mis acompañantes.

Con una sonrisa forzada dijo que por suerte nunca había experimentado violencia en ninguna forma, ni siquiera formas no convencionales de hacer el amor, no obstante que se lo habían sugerido, a lo cual se había negado, aseveró con cierto grado de presunción.

En ese contexto de relaciones fallidas, esperando que no lo tomara mal, le pregunté si no le afligía no haber tenido hijos con su marido. La respuesta fue obvia ya que no esperaba que Roberto muriera tan joven y sobre todo tan repentinamente. Con lágrimas en los ojos me contó los pormenores de la terrible pérdida. Narra la desesperación que sintió al ver a su esposo inmóvil en el suelo ya sin vida cuando llega al cuarto de la televisión con la charola de la cena. Fue un paro cardíaco fulminante, me dice, sin haber tenido ningún antecedente y llevar una vida sana.

Durante el largo tiempo que duró el desayuno, el mesero varias veces ofreció café. Cuando estaba claro que no tomaríamos más café u otra cosa, Norma de manera cortés despidió al mesero deseándole un buen domingo, lo que me hizo pensar que estaríamos solos en la casa.

Se hizo un silencio y me invitó a pasar a la sala, donde nos sentamos en distintos sofás, frente a frente separados por una mesa rectangular de grueso cristal. En la mesa pude distinguir entre la pila de libros uno de fotografías de Flor Garduño, una de mis fotógrafas favoritas. Además un pequeño cuadrado de madera con arena blanca, piedras de río y un minúsculo rastrillo emulando el típico jardín japonés de arena y rocas.

Se puso de pie y me ofreció una copa que no acepté. Enseguida me dijo disculpándose que tardaría unos minutos. La vi de espaldas subiendo las escaleras, seguramente a su cuarto para recomponerse del llanto provocado por una intensa conversación sobre su pasado. Me habían conmovido sus respuestas, la pasión con la que se había referido a su marido y un no muy bien guardado enojo con los hombres que lo habían sucedido.

Era posible ver con claridad cristalina cómo el comportamiento errático que tenían sus relaciones revelaban una disposición de establecer ligas románticas con alguien como Klinger que seguramente no quería relaciones duraderas. Eso, desafortunadamente no podía cambiarlo. Curiosamente ni Klinger ni mi conversación con él habían sido hasta ese momento tema de discusión.

La tarde se había obscurecido y sin darme cuenta habíamos estado sentados a la mesa después del desayuno por casi tres horas. Como Norma, yo también tuve necesidad de levantarme para ir al baño, pero no sabía dónde encontrarlo. Caminé por la sala hacia una puerta de muelle en el comedor que se abría a una modernísima cocina. Estaba vacía y no había a quién preguntar por el baño. En una esquina vi la entrada a una escalera angosta que bajaba a un iluminado sótano, un amplísimo espacio con una barra y vitrina de bar con docenas de copas y botellas de todos colores. Al fondo, una televisión gigante en la pared con sillones acomodados en filas, dando la impresión de ser una sala de cine. Las grandes ventanas miraban a un jardín hundido de rocas volcánicas y una pequeña fuente pegada a la ventana reflejando la luz en el techo. Es otro espacio muy bien pensado. Finalmente vi la puerta de un baño de azulejos negros en las paredes y con piso de marmol gris. El lavabo es muy moderno de cristal trasparente, rodeado de frascos con jabón líquido y cremas así como una canasta llena de pequeñas toallas blancas. El baño olía a lavanda y estaba escrupulosamente limpio. En el espejo vi mi rostro cansado, los efectos de una agotadora conversación que me había dejado muy conmovido.

Cuando regresé Norma estaba sentada esperando más tranquila. Era evidente que se había maquillado. A su atuendo le había agregado un bonito rebozo rojo/naranja de seda que contrastaba con su pelo negro denotando confianza, a diferencia de las expresiones de tristeza que predominaron durante el desayuno. No obstante estar vestida con pantalones, eran ligeros y veladamente transparentes, lo que permitía ver sus piernas largas, bien formadas como parte importante de su cuerpo esbelto. Están claras las razones por las que me sedujo: su figura es encantadora.

De manera casi maternal me agradece haber tomado la iniciativa de visitar a Klinger, incluso el haberle dicho lo que pensaba sobre su relación, sin hacer referencia directa a los conceptos que yo había usado en la confrontación con Klinger. Quizá por cortesía no mencionó la cuestión de la diferencia de edad entre los dos, diferencia que por analogía también se aplicaba a mí.

Hizo una pausa y con una mirada resplandeciente me dijo riendo que quizá no había interpretado correctamente lo que Klinger había dicho, aunque reconoció que era un fanfarrón vanidoso y a la vez celoso. Con una alegría simple me dijo claramente que era cierto que tenía pensado pasar una temporada en España pero no con Klinger, aunque puedan coincidir. Se refirió con cierto orgullo a un contrato de diseño que había firmado con la Telefónica lo que requería estar por un tiempo en Madrid. En ese contexto con naturalidad y sin falsa modestia mencionó una casa de su propiedad en Marbella, a la que sin fecha o compromiso me invitaba a visitarla, sobre todo sabiendo que mi hijo Thomas vivía en España. Le agradecí sabiendo que era una invitación amable pero informal y en cierta medida de cajón.

Continuó describiendo su relación con Klinger a quien calificó de ser un hombre difícil por inseguro y aunque por períodos había pensado en la posibilidad de que finalmente se convirtiera en una relación seria, distinta a las anteriores, al final supo que no podían ser una pareja, lo que fue para ella a la vez un gran alivio y una nueva decepción. Aquí también omitió hablar de la diferencia de edad, pero el contexto y la distancia física que nos separaba al estar sentados en lugares opuestos, con una mesa de por medio, así como la falta de la acostumbrada coquetería me indicaban que en ella había desparecido el deseo de seducir.

Me pareció que podía preguntarle diplomáticamente si la relación con Klinger pasaba por una pausa durante el primer encuentro que tuvimos en Ciudad Universitaria. Norma lo confirmó con una picaresca sonrisa, agregando que para Klinger haberla visto acompañada de un hombre, a solo unos días de haber roto le resulto una afrenta para su frágil ego.

Con gran cariño volvió a agradecerme por haberme preocupado por ella, aunque consideró mis acciones innecesarias. Para mi sorpresa fue explícita al considerar que mi gesto fue el de un hombre sensible al que realmente le gustan las mujeres y una galantería típica de otras épocas. A continuación, haciendo una distinción, realzando su halago, con cara seria dijo que Klinger es el tipo de hombre que no entra en esas categorías.

Correspondiendo a su amabilidad y naturalmente honrado por sus comentarios, para aligerar la conversación, le dije bromeando que en mi adolescencia una amiga pintora hizo un retrato a lápiz, que aún conservo, mismo que dedicó con la siguiente leyenda "para quien se equivocó de época". Desde entonces cuando veo películas o leo novelas de fin del siglo diecinueve, puedo identificarme con sus personajes.

Se había hecho tarde y comenzaba a llover. Por eso me puse de pie para despedirme y agradecer el espléndido desayuno. Nuevamente hice un halago de su muy buen gusto decorando una casa tan bien diseñada. Al referirme a la conversación, fui muy cuidadoso en omitir referirme a las cuestiones íntimas, y solo destacar los proyectos que en común realizó durante su matrimonio, evitando así mencionar las malas experiencias románticas de las que había sido víctima. Me abstuve de mencionar a Klinger ya que los malos entendidos habían quedado aclarados y sobre todo no se dio un reclamo que temí podía hacerme.

Con amabilidad y gestos de simpatía, Norma ofreció abrirme

el garaje ya que el mozo y la servidumbre habían salido. No me atreví a tomarla del brazo cuando nos dirigimos a la cochera que por fortuna era cubierta y protegida del chubasco. Pensaba triste en el contraste de la fuerte lluvia que caía ese domingo, con el día claro y soleado cuando la conocí. La fuerte tormenta le dio a la despedida un aire fúnebre y final.

Con gran ingenuidad e inconsciencia de mi parte, le pregunté antes de subirme al auto la fecha de su viaje a España, para ver si había tiempo para verla y tener una nueva oportunidad de resucitar la fantasía que había quedado sepultada. Asumí con cierta nostalgia que haber comparado mi situación en términos de edad y generación con la de Klinger, quizá inconscientemente me había auto-descalificado. Para mi mezquina satisfacción el viaje a España de Norma estaba programado la próxima semana y el de Klinger sería por lo menos dos meses más tarde.

XIV

Han pasado dos meses desde que Norma se fue a España. Aun le guardo un especial aprecio por las fantasías que provocó. Me acompañan recuerdos de nuestras conversaciones, su mirada triste y seductora, su figura esbelta y naturalmente el abrazo erótico que implicaba una invitación a dormir con ella. Siguen presentes esos momentos de sentirla cerca, recorrer con mis manos su esbelto cuerpo y de besar intensamente su húmedos y gruesos labios, Aun queda en mi mente la textura de su piel lisa, la mirada llena de deseo que intempestivamente frustré con deliberación. A la distancia soy consciente de que al valorar ese incidente soy ambivalente ya que posiblemente mi subconsciente lo resiente.

A Norma le debo también los sueños eróticos y sobre todo el privilegio de seguir siendo un hombre sexualmente activo con erecciones lo que aún me permite seguir abierto a pensar en la posibilidad de visitar a mis amigas con "privilegios", solteras o divorciadas, con las que sin compromisos es posible convivir una tarde y en ocasiones fundir nuestros cuerpos.

Estoy sentado en mi escritorio, es un día gris y hace mucho frio, Los arboles de mi jardín y los de mis vecinos están secos o sin hojas. Habrá que esperar a marzo para que renazcan los jacarandas. Echar una mirada anhelante a la tarde y a la luz que se desvanece me lleva a pensar en España. Aquí son las seis y media, en Europa es media noche. No me imagino a Norma durmiendo, más bien en un bar o restaurant cerca del Mediterráneo cenando con un nuevo o no tan nuevo galán joven y bien parecido, el que si existe, espero que no la decepcione.

Sonrío al pensar a mi hijo Thomas. Hace una semanas había cenado con Norma en Madrid después de una función de El Estado de Sitio de Albert Camus, escenificado en el teatro universitario en el que Thomas actúa como Oficial de Los Guardias Civiles. Norma me envió un breve y amable email hablando de mi parecido con Thomas, al que le augura un exitoso futuro. Mi hijo, por su parte, estuvo feliz de haber cenado con una mujer tan elegante en La Terraza del Casino, un restaurante de lujo en el centro de Madrid.

Camino por la habitación que ha quedado en la penumbra, pensando en las razones que me condujeron a confrontar a Klinger, particularmente por las coincidencias de haber amado o pretender amar a la misma mujer y sobre todo por la etapa de la vida en la que nos encontramos. Schopenhauer con buenas razones escribió que a mi edad volvemos atrás, a los recuerdos. Norma por el contrario ve hacia delante, hacia el futuro que espero que le sea venturoso y feliz, pero sobre todo que encuentre lo que está buscando.

De Klinger no he tenido noticias, solo el recuerdo de las palabras de Norma en su garaje que al despedirme me dijo sonriente que no me preocupara ya que esa relación había terminado, esta vez para siempre, si es que recuerdo bien sus palabras. Asimismo, Penguin tiene un nuevo Director en México al que aún no conozco.

Encendiendo la luz al escuchar a Irene, quien me pregunta por la cena, un rito o una oración diaria que le da a mi vida ritmo y certeza. Hace unas semanas me presentó a su novio, con quien se va a casar. Siguiendo la tradición, los dos son originarios del mismo pueblo en la Sierra de Oaxaca. Me pareció un tipo serio y bien parecido que conduce su propio auto para Uber. Irene está adiestrando a su prima Concepción en las rutinas de la casa. Como Irene cuando empezó a trabajar con nosotros, Concepción terminó la secundaria y cumplió diecinueve años.

Me da gusto ver a Irene feliz, no obstante que después de tantos años de haber trabajado en la casa la voy a extrañar. No hay duda de que vivimos tiempos de cambios rápidos, incluidos los más personales. En ese contexto pienso en Lampedusa, ya que para mí, a pesar de los cambios, la incertidumbre del futuro sigue igual.

La tarde se ha hecho más fresca y es un buen momento para encender la chimenea. Estoy escuchando uno de mis conciertos favoritos y para realzarlo me parece ideal hacerlo a la luz de las flamas. Irene dispuso los leños de madera de tal forma que resulta muy fácil encenderlos y así, rápidamente disfruto del embrujo hipnótico que tiene el fuego.

Apago la luz ya que la chimenea ilumina la habitación de paredes blancas. Comienza el segundo movimiento del concierto para violín de Brahms ejecutado por Izahak Perlman. Desde muy joven, ese adagio me conmueve seguramente al tocar algún punto sensible que no puedo ubicar. En este momento de relativa tranquilidad, la melancólica voz del oboe prevalece sobre la del violín y su particular sonido ronco que se repite lentamente me lleva a pensar en lo que está ocurriendo.

Conocí a Norma en un momento de transición en mi vida. Mi estado de ánimo no era racional, no correspondía a mi carácter o a mi pasado. Me sentía, sin una razón concreta inseguro, con miedos de perder la salud, la movilidad, el deseo de vivir y de aventura. Haber conocido a Norma tuvo un efecto reparador, estimulando sensaciones o sentimientos que parecían estar dormidos. Fue como descubrir una flor en los picos rocosos y fríos de los Alpes, por eso la había identificado como una Flor de Montaña, delicada y frágil pero a la vez capaz de sobrevivir en ambientes hostiles no solo para las flores sino para la vegetación en general.

Sin desestimar su enorme valor y belleza, al conocerla mejor la veo más como una flor mundana y no por ello menos importante. Siempre me han gustado la Lilas o Lágrimas de

María que aunque delicadas no son de montaña.

La música de Brahms y las luz de la chimenea me ayuda a hacer un repaso de mi vida y ubicar mejor el momento en que me encuentro. Ahora que las fantasías que Norma provocó se han disuelto, objetivamente puedo hacer un balance usando las técnicas que aprendí cuando ejercí como financiero

Mentalmente pienso en tres columnas para hacer un balance. La primera con la lista de "lo que he conseguido," que es considerable, particularmente estar en paz rodeado de belleza sin grandes preocupaciones. Asimismo, la capacidad de disfrutar de la música, la lectura y una buena conversación, de preferencia con una amiga o amigo acompañados de un buen vino. En esta columna incluyo también y de manera destacada el privilegio de tener un hijo que ha encontrado en la actuación una pasión.

Denomino la segunda columna, por falta de una mejor opción, "lo que he perdido." En primer lugar le corresponde a Isabel, mi ex-mujer y las razonas a las que atribuyo su decisión de abandonarme. En esta lista caben mis maestros y mentores que han muerto y los amigos que por diversas razones dejaron de serlo. No haber logrado una relación estable con una mujer es también parte de lo perdido. Finalmente, agrego no saber manejar la soledad que por períodos me aqueja y dormir solo en una cama vacía.

Finalmente, la tercera columna la titulo "lo que me falta por prodigar". Ahí, aunque sea un concepto aparentemente abstracto, incluyo la idea de seguir haciendo lo que me gusta y como propósito agregaría vivir en Roma o París por un largo período para explorar desde esa base ciudades y pueblos en Europa. Tengo los recursos para hacerlo pero no estoy seguro si tenga la energía y el entusiasmo para emprenderlo.

Ese balance o esquema simple de personas, eventos y lugares

contiene lo que pienso me enriquece y me empobrece.

Me pregunto dónde debo colocar a Norma ya que no la he perdido puesto que nunca la conseguí. Definitivamente no está en la lista de lo que me falta por hacer ya que tengo muy claro que la fantasía o el enamoramiento lo doy por concluido. Por ahora no encuentro un lugar para ella en mí balance. Seguramente con tiempo podré descubrir más objetivamente lo que me aportó.

Regreso a la realidad de mi estudio levemente iluminado por el reflejo de los carbones encendidos que quedan de los leños quemados en la chimenea ya que escucho voces en la planta baja que me llaman. Son las de Irene y Concepción que me esperan en el comedor para cenar, donde puedo seguir escuchando el tercer movimiento del concierto de Brahms; el Allegro giocoso que cambia radicalmente el tema melancólico del glorioso segundo movimiento por uno más alegre y optimista. Con lo que queda de luz en la chimenea dejo mis reflexiones en la penumbra del estudio y bajo por las escaleras para ir a cenar.

www.ingramcontent.com/pod-product-compliance
Lightning Source LLC
Chambersburg PA
CBHW020542130626
46552CB00007B/2720